宮内は満足そうな息を吐いた。
「いい、気持ちいい」
「俺もだ。あんたのはちょうどいいところに当たる」

Cocktail Kiss Label

ツンデレ猫は、オレ様社長に溺愛される

橘かおる
Kaoru Tachibana

この物語はフィクションであり、実在の人物・団体・事件等とは、いっさい関係ありません。

Contents

イラスト・香坂あきほ

ツンデレ猫は、オレ様社長に溺愛される

松井《まつい》亮司《りょうじ》は、歳の離れた弟の翔太《しょうた》を、目の中に入れても痛くないほど可愛がっていた。生まれたばかりで目はまだ見えないはずの翔太が、ぱっちりした黒い瞳に亮司を捉えてにぱっと笑ったときから、心を奪われている。

もみじのような手が亮司の指をきゅっと握って放さない。側を離れると泣いて、抱き上げるとぴたっと泣き止む。しかも最初に口にした言葉は「にいたん」だったのだ。

可愛く思わないはずがない。

小さな頭に猫耳、おむつの穴からにゅっと伸びた尻尾。ふわふわの毛並みを優しく梳《す》いてやると、気持ちよさそうにうっとりしている。

可愛い。世の中にこんな可愛らしい生き物がいるだろうか。

自分がずっと彼を守っていく。そう決めて共に成長してきた。守らなければ、翔太が危ういからだ。なぜならば……。

彼らはヤマネコを先祖に持ち、猫耳と尻尾を持つ一族だったからだ。そんな秘密が世間にばれたら、一族ごと存在を抹消されかねない。だから昔からひっそりと人間社会に紛れて、生活を営んできた。住んでいる「里」も、ごく普通の田舎として周囲に認知されている。

猫耳と尻尾を生やして生まれてくる赤子も、自意識が芽生えると次第にそれの出し入れをコントロールできるようになる。

耳と尻尾を隠せるようになって初めて、里から出て人間社会で生活することを許されるのだ。

完全に外での生活を選ぶ者もいるし、里に住んで学校や会社に通う者もいる。いずれにしろ出産と子育ては里でするしかないので、その時期だけはこちらに帰ってくるようになる。

亮司は早くから理性で自身を制御できていたが、翔太はなかなか里を出る許可が得られなかった。感情が昂ったときなどの拍子に、ひょいと耳と尻尾が出てしまうのだ。

残念だが危なくて里から出せないという長老の言葉も理解できた。しかし理性と感情は別だ。

里には高校までしかなく、大学生になった亮司が里を出て一人暮らしを始めたとき、翔太は大泣きをしていた。可哀想で切なくて亮司も辛かった。

しかしどんなに自分の傍に置きたくてもその状態では連れていくわけにも行かず、翔太が里を出てもいいと許可が下りて一緒に暮らせるようになる日を、首を長くして待っていたのだ。

親たちも応援してくれて、

「自制心を身につけて、耳や尻尾が出ないようになってからね」

母親にそう言われ翔太も頑張った。

そしてようやく、里を出ることを許されたのだ。

はれて十八歳。大学生になった翔太との念願の二人暮らし。

広い世の中を見せてやりたいと、亮司は心から思っていた。

ただ日常での心配はなくなった翔太も、未だに不意打ちには弱い。驚かされたりすると、何回かに一回はイケナイものが出てしまうのだ。

本当なら里へ帰すべきだが、自分がフォローすることでここで生活していけるならそうしたいと亮司は思っていた。

◇◇◇

信号は青だった。

とはいえ交差点だから、用心してスピードは落としていた。おかげで間に合ったのだと思う。いきなり目の前に人が飛び出してきて、宮内晴樹《みやうちはるき》は反射的にブレーキを踏んだ。際どいタイミングだった。人を跳ねた強い衝撃はなかったが、接触したような微かな違和感はあった。

エンジンを切った宮内は、車を飛び出す。バンパーのわずか数センチ先に、少年が蹲っていた。一瞬心臓が止まりそうになる。

だが、前タイヤが少年のものらしいバッグを踏んでいるのが目に入り、感じた違和感はそれだったのかとほっとする。

まさに間一髪。

宮内はほうっと大きな息を吐き、額に滲《にじ》んだ冷や汗を拭うと、蹲っている少年の側に屈《かが》み込んだ。「大丈夫か」と声をかける。

少年がびくっと身体を震わせ、顔を上げた。真っ青で怯《おび》えきった顔だ。これ以上怖がらせまいと、宮内は即座に柔らかい笑みを浮かべてみせる。

精悍《せいかん》で大柄、黙っていれば迫力ありすぎな宮内だが、笑みを浮かべると一転して親しみやすくなるらしい。少なくとも周囲からはそう言われている。

少年は、十六、七歳くらいの、まだあどけなさの残る顔立ちをしていた。造作が整っていて、可愛い子だという印象を受ける。

笑みを浮かべた顔でさらに話しかけようとしたとき、少年の帽子がはらりと落ちた。

現われたものに、宮内は驚愕する。

「なっ……、獣耳《けもみみ》!?」

頭部に、まるで猫の耳に似た形状のものが突き出していたのだ。

凝視する宮内の視線に気がついたのか、少年がぱっと頭を押さえる。

引き攣《つ》った顔で怖々とこちらを見上げてくるのは、自分の状態を認識しているからだろう。

急ブレーキの音で、周囲に人が集まり出していた。咄嗟《とっさ》に、少年のこの姿を曝《さら》すわけにはいかないと判断する。

宮内は地面に落ちた帽子をさっと拾い上げて、少年に被せた。

「押さえていろ」

低い声で囁くと、反対側の腕を掴んで立ち上がらせる。

「やれやれ、大丈夫そうだな」

わざと大声を出して、服についた土埃《つちぼこり》を大げさに払ってやった。

「急に飛び出してくるから、肝を冷やしたぞ」

けたたましい急ブレーキの音でこちらに注目していた周囲の関心は、たいしたことはなさそうだとわかると自然に逸《そ》れていく。先走って警察を呼んだ者もいないようだ。

少年に小言を言いながら腰回りを軽く叩いていた手が、もう一つの異状を認める。臀部《でんぶ》が不自然に膨らんでいるのだ。

まるで尻尾がそのあたりにわだかまっているかのように。

信じられなかった。猫耳と尻尾のある人間なんて、見たことも聞いたこともない。ただの作りもので、こちらを何かのペテンにかけようとしているのではないかという疑いもあり、対処に迷う。

が、とりあえずは移動だ。

宮内はさりげなく自分の身体で背後を庇《かば》ってやると、少年の腕を引いて自分の車の後部座席に押し込んだ。

「ここを離れよう。人目が多すぎる」

助けてくれる相手だとわかったのだろう、少年が頼りなさそうな顔でこくんと頷く。その様子に庇護欲《ひごよく》を掻《か》き立てられると同時に、悪戯《いたずら》ではないと確信した。

これでも人を見る目はあるつもりだ。この少年にそんなことができるとは思えない。

一旦車をバックさせ、タイヤの下から少年のバッグを引っ張り出して助手席にぽんと放ると、運転席に腰を下ろした。エンジンをかけ、車をスタートさせる。もうこちらを見ている者はいなかった。

どこへ行こうかと思案したが、この状態の少年を連れていけるのは自宅しかない。

マンションに向けてハンドルを切りながら、宮内はバックミラーでちらちらと背後を確かめた。少年は蹲ったまま帽子が脱げないよう、しっかりと押さえている。

猫耳と尻尾を持つ人間……。

本当にそんな生物が存在したとは。

マンションに着くと地下駐車場に車を停め、少年を促して直通のエレベーターで上層階に向かう。

住まいは高級マンションの最上階を独占している。高層階からの眺望が気に入って即決した部屋は、リビングルームにある天井から床までの大きな窓が特徴だ。まだ夕闇には早い時間だったから、地上のパノラマが一望できる。

だが連れてこられた少年は周囲に視線を向けようともせず、バッグを命綱のように抱え込んで項垂《うなだ》れていた。その姿を見ると、抱き締めて「もう大丈夫だ、何も心配しなくていい」と慰めてやりたくなる。

もともと宮内は情に篤く、子供の頃は、捨て犬や捨て猫を拾ってきては親にため息をつかせていたのだ。三つ離れた兄は、馬鹿じゃないのかとそれを冷ややかに見ていたが。

それと同じ義侠心めいたものを、少年に感じている。自分が庇ってやらなければ、この子はどうなるのかと案じる気持ちだ。

宮内は「さあさあ、気を楽にして」と少年の肩を押して、ソファに座らせる。そして自分もその横に座り、帽子を取るように促した。

「見せてくれないか？　ここなら平気だろ。俺はもう見ているし」

すると少年はこくんと頷き、そろりと帽子を取った。そのまま手の中に帽子を握り込む。

緊張して硬くなっている少年の手を優しく叩き「大丈夫だから」と宥《なだ》めた。そして少年を怯えさせないように気を遣いながら、猫耳に手を伸ばす。

被毛に覆われた薄い耳はちゃんと温かく、血が通っていることが感じられた。ビロードのような手触りだ。触れるとピクピクと反応するので、つい猫を触るように耳の後ろを掻いてやる。

少年が気持ちよさそうに半眼になり、トロンとした目を向けてきた。どうやら本物の猫と同じく、そのあたりを触られると気持ちがいいようだ。

それがなんとも可愛くて、愛でたい気持ちがさらに湧き上がる。撫で繰り回して可愛がりたい。だがそれはペットに向ける感情で、間違っても人に向けてよいものではない。まずいなと宮内は内心で呟《つぶや》いた。

「尻尾も本物？」

聞くと、少年はうんと頷いた。それからぼそぼそと説明する。

「驚くと出ちゃうんだ。だからなかなか里を出してもらえなくて。ようやく許しをもらって大学に通えるようになったのに」

宮内は密かに目を瞠《みは》った。大学へというからには、この少年は少なくとももう十八歳にはなっていることになる。だがどう見ても、十六歳そこそこ。纏《まと》う雰囲気がそれだけ幼いのだ。

世間から隔絶した場所で、大切に育てられた子供なのだろう。

そこが少年のいう、里、か。つまり里には少年のような人間が、猫耳と尻尾を生やした彼らが、集団でいる……？

それはなんとも眼福の光景のような気がする。

湧き上がる好奇心を、宮内は無理やり抑えつけた。今はまず、少年のことだ。

「君の名前を教えてくれないか」

優しく尋ねると、少年ははっとしたように居住まいを正した。

「ごめんなさい。助けてもらったのにお礼も言わないで。松井翔太といいます。助けていただいてありがとうございました。……でもどうせ無駄なんだけど」

きちんと躾けられたのだろう。自己紹介をして礼も言い、しかし言うと同時に悄然《しょうぜん》と項垂れた。

無駄？　どうして？　無事でここにいるのに。

ひとまずこちらの名前も告げてから、その理由を問うことにした。

「俺は宮内晴樹だ。せっかく助かったのに、どうして無駄なんだ？」

「だってオレは泡になるから」

「泡!?」

突拍子もない台詞《せりふ》を、翔太は真面目な顔で言った。宮内はその彼をじろじろ見る。

別にどこもおかしなところはない。触れ合った肩先から、人体の温かさが伝わってきた。猫耳がぴくぴくと動き、チノパンのウエストからにょきっと覗いた尻尾の先が、落ち着きなく左右にゆらゆらと揺れている。

　これがすべて泡になって消えるというのか？

　どうにも解《げ》せなくて、説明してほしいと告げた。

「……見られたから」

　翔太は、頭に生えている耳を撫で、長い尻尾を前に回して握り締めて言う。

「見たのは俺だけだが、それでも駄目なのか？」

　翔太がこくんと頷く。

「家族じゃないから駄目」

「……だがまだ泡になる様子はないが」

　指摘すると翔太は、自分の顔をべたべた撫でてから、

「ほんとだ。時間がかかるのかな」

　と呟いた。

　心細げにぐすっと鼻を啜《すす》っている。大きな瞳にじわりと涙の雫《しずく》が浮かび上がる様は、子猫を彷彿《ほうふつ》とさせ、どんな大人の心も蕩《とろ》かしてしまいそうな愛くるしさがある。

　駄目だ。抱き上げてぐりぐりしたい。慰めてやりたい。

　頼りない様子の翔太が、どうにも宮内の心を擽《くすぐ》ってやまなかった。特に猫耳と尻尾を見て

しまってはなおさら。

泡になるなんてとても信じられないが、もし本当ならなんとか助けてやりたい。それにはもっと詳しいことを聞かなければ。

「家族だったら大丈夫なのか？　泡になるのは他人に見られたとき？」

翔太が頷く。

「だったら、さっき里と言ったが、里の一族以外と縁を結ぶときはどうなる。つまり、外部の者と結婚するときは、という意味だが。見られてしまうだろ？　……いや、その場合は結婚できないのか。どうなんだ？」

理解したくて、思いつくままに言葉にする。

そのときの宮内には、異質な存在に対する排他的な感情は全くなかった。相手が、庇護欲をそそる翔太だったからだろう。

これが成熟した大人との遭遇だったら、得体の知れない生き物の脅威、という面で捉えて、もっと警戒していたかもしれない。

翔太が涙に濡れた瞳を拭いながら、宮内を見た。

「おじさん、親切だね」

思わずがくっとした。

「おじさんはよしてくれ。これでもまだ三十になったばかりなんだ」

嘆息《たんそく》しつつ訂正してほしいと申し入れる。ぱちっと瞬《まばた》きしたあとで、翔太は仄《ほの》かに笑みを浮かべた。

「じゃあ、ええと、宮内さん」

「まあいいだろ。で、どうなんだ？」

「結婚は自由だし、外の人と一緒になることもできるよ。家族になれば、見られても問題ないし。ただ、ちゃんと理解してくれて、ほかに漏らさないような口の堅い人でないと、結婚は難しいと思う」

「じゃあ、俺が君と結婚すればいいのか？　そうすれば家族になるから泡にならなくてすむだろう？」

「ええ!?」

翔太が目をぱちくりさせる。きょとんとしたあとで苦笑して首を振った。

「解決策を考えてくれるのは嬉しいけど、無理。宮内さん、男の人だし、オレも男だから結婚はできないよ」

「できるさ。アメリカでは同性婚が認められている」

「あ……」

宮内の指摘に翔太が口をぽかんと開けた　その頭に、言葉の意味がじわりと染み込んだらしい。

「確かに。じゃあオレ、泡にならなくてすむの？」

恐る恐る尋ねてくる翔太の頭を、宮内はぽんぽんと叩いた。

「とりあえず泡になるのを回避して、それからあとのことを考えたらいいんじゃないか？」

翔太がこくこくと頷き、笑顔を見せる。

「ありがとう。でも宮内さん、どうしてそんなに親切にしてくれるの？　今日が初対面なのに」

「そりゃあ君がそうなったのは、俺の車と接触しかけたせいだろ？　そのせいで泡になって消えるなんて聞いたら、とてもそのままにはしておけないさ」

そう言ったときだった。いきなり携帯の着信音が鳴り響く。びくっとした宮内に対し、翔太はパアッと顔を輝かせて、自分のバッグに手を伸ばした。

「兄ちゃんからだ」

嬉しそうにいそいそと電話に出る翔太は、にこにこと満面の笑顔だ。本当に相手は兄貴かと邪推したくなるくらいに。これはかなりのブラコンだなと察しがついた。それだけ兄に甘やかされて育ったのだろう。

世間には仲のよい兄弟もいると知ってはいたが、宮内自身は冷えた関係の兄しか知らないから、翔太の様子は新鮮だった。しかも猫耳に携帯を押し当てて喋《しゃべ》っている翔太は、凶悪に可愛い。兄でなくても甘やかしたくなる。

無意識に、翔太の兄に仲間意識を持った。一緒に翔太を可愛がりたい。同志よと、がしっと手を取り合って。

ま、それは単なる妄想だが。うん？　そういえば翔太の兄も同族だ。彼も猫耳と尻尾を持っているのだろうか。その場合、彼も翔太に似て可愛いのだろうか？

思いついたらさらに興味が募る。ぜひ会ってみたい。耳と尻尾、見せてくれないかな。あ、駄目か。見られたら泡になるんだったな。

そんなことを考えていると、翔太が振り向いた。

「宮内さん、兄ちゃん迎えに来るって。ここの住所、教えて？」

宮内は住所を伝える。

「……だって。わかる？」

わかるという返事だったのだろう。通話を切り、宮内を見る翔太は元気になっていた。

「すぐ来てくれるって。いろいろ心配をかけました」

ぺこりと頭を下げてくる。

「よかったな」

もう一度耳に触れたくて頭に手を伸ばしたら、翔太はぱっと後ろを向き、天井から床までの窓に駆けていく。意識的に避けたのではないだろうが、宮内の手は宙に浮いてしまい、苦笑して引っ込めるはめになった。

「すごいね、この景色」

心配事を兄に預けてしまったからか、周囲に注意を向ける余裕ができたらしい。翔太は窓にべちゃりと顔をくっつけて、外の眺めを楽しんでいる。

夢中になっている翔太の頭では猫耳が興奮でぴんと突き立ち、ウエストから覗く尻尾も先端が左右にしゅっしゅっと動いている。

目の前で揺れる翔太の尻尾や、周囲の音に反応して動く猫耳に気を取られる自分は、結構アバウトな性格だったんだなとおかしくなった。触りたいと思うだけで、不可解な現象をあるがままに受け入れている。

これからやってくる兄に会うのが楽しみだ。翔太と同じように可愛いければいいな。そうしたら左右に侍らせて愛でるのも一興。

あくまでも愛玩《あいがん》動物を見る楽しみに頬を緩ませながら待ったその出会いが、ハブとマングースなみの最悪の出会いになるとは、そのときの宮内は予想だにしていなかった。

◇◇◇

「翔太、遅いな」

松井亮司は何度も時計に視線を落とす。その様子を目にした共同経営者の桜庭《さくらば》恭平《きょうへい》が、笑いながら声をかけた。

「初めてじゃないんだ。翔太だってちゃんとここまで辿《たど》り着くさ」

「それはそうかもしれないが、もう約束の時間を過ぎている。寄り道をするはずがないし、連絡もしてこないのはおかしい」

桜庭は約束は何時だと聞き、まだ十分しか過ぎていないことを知ると呆《あき》れたように嘆息した。

「過保護すぎ」

「ほっといてくれ」

過保護なのは自分でも自覚している。だがあんなに可愛い弟を持つと、誰だって過保護になるに決まっているのだ。

里で純粋培養された十歳年下の弟は、人を疑うことを知らない。悪意を持って声をかけてくる者がいるなんて、想像したこともないだろう。

うっかり相手の口車に乗って連れ去られてしまったら。そのとき万一、耳と尻尾が出てしまったら。

と、どうしても懸念を抱いてしまう。

「そんなに気になるなら、自分から電話をかけたらいいじゃないか」

携帯、持っているんだろと桜庭に言われ、亮司は苦悩の表情で首を振る。

「翔太に言われたんだ。ちゃんと行けるから、迎えに来たら駄目だと」

「それって、そろそろ兄離れの兆しってこと？」

「言うな！」

思わず振り向いて怒鳴ったら、桜庭が噴き出した。

「どっちもどっちだな。親馬鹿ならぬ、弟馬鹿と兄馬鹿。ま、破《わ》れ鍋に綴《と》じ蓋でちょうどいいじゃないか。いいから電話してさっさと迎えに行け。おまえがそわそわしてると、業務の邪魔だ」

桜庭に注意されて周りを見ると、開け放った役員室の向こうにいたスタッフたちが、困ったような顔をしながらも笑っている。

「ああ、すまん」

亮司は携帯を持って立ち上がった。すらりとした長身がドアの向こうに消える。桜庭の勧めに従って、翔太に連絡を取りに行ったのだ。

桜庭と共に起業したセキュリティ会社は、順調に業績を伸ばしている。防犯から会社の危機管理への助言、個人のボディガード、さらに調査部門まで手広くやっていた。

実働部隊に里から有能な人材をスカウトしてきたおかげで、客先からの評判もいい。彼ら全員が、ある意味特殊技能者なのだから、実績が上がるのは当然だ。猫並みの機敏な身体能力、人間よりも優れた聴覚嗅覚等々。この仕事にはうってつけの能力だ。

最初から裏方志望だった桜庭の代わりに代表として、亮司は爽やかなイケメン顔を、各方面に売っている。女子社員たちの中には、白皙《はくせき》の美貌にあこがれめいた視線を向ける者も多かった。

しかし、春に亮司が弟と同居を始めてから、周囲の目は何度も驚愕に見開かれた。クールで何事にも動じないと思われていた亮司が、弟のことであたふたしている場面を一度ならず目撃することになったからだ。

何度か会社までやってきた翔太の可愛らしさに皆納得はしながらも、それまで涼やかな貴公子ぶりを発揮していた亮司のでれでれに蕩けた顔に、居合わせた全員の顎が落ちたらしい。

「松井さんってツンデレだったんですね。デレの部分は弟さんにしか発動されないようですけど」

と女子社員がしみじみ呟いて、堕ちた偶像を惜しんでいたとかいなかったとか。

亮司は廊下の隅で、携帯を操作した。代表といえど、勤務時間中の私用電話は原則禁止、どうしてもというときは皆の邪魔にならないところで、となっている。桜庭と話し合ってそういう社風にした。

「翔太か？　今どこにいる」

迷ったんじゃないかという杞憂が、次の翔太の一言で現実の心配に変わった。

「事故!?　耳と尻尾が出た!?」

思わず声を上げてから、慌ててトーンを落とした。事故はともかく、耳と尻尾の話はまずい。社内には里出身でない社員もいるからだ。

住所を聞き出し、役員室に顔を出して桜庭を呼ぶ。

「翔太がやばいらしい。行ってくる」

「やばいって、どうしたんだ」

「事故にあったらしい」

気が急《せ》いているから説明も簡潔になる。だが、事故と聞いた桜庭が、そのまま駆け出そうとした亮司を引き留めた。

「怪我をしたのか。重傷か、どうなんだ」

邪魔をするなと苛立《いらだ》ったが、桜庭が心配するのももっともだ、とかろうじて自分を制す。

「怪我はない。だが、異常が出ている。今は、事故の当事者のマンションにいるらしい」

異常、という言葉で、暗に耳と尻尾が出たのだと知らせる。だがそう言った途端、亮司の腕を掴む桜庭の手にぐっと力が入った。

「相手は人間か」

焦慮《しょうりょ》を濃厚に漂わせた声に、亮司は頷いた。互いの目を覗き込むようにして、危機感を分かち合う。

「とにかく、行ってくる」

亮司が言うと、桜庭が手を放して一歩下がった。

「何かあったらすぐ連絡しろ」

わかったと返し、亮司はくるりと背を向ける。エレベーターを待つのももどかしい。一階まで非常階段を三段飛ばしで駆け下り、さらに駐車場までその勢いで突っ走った。

人に見られる心配のない夜なら、能力を最大限に発揮して、二、三階分一気に飛び降りることも可能だが、今はまだ明るくてさすがに人の目がある。やむを得ないと思いながらも、もどかしい気持ちは抑えられなかった。

ようやく車に辿り着き、エンジンをかけて駐車場から飛び出した。

赤信号で停まるたびに、苛立ちが募る。

電話の様子では翔太は無事らしい。だがこの目で見るまでは安心できない。そして、猫耳と尻尾が出た状態の翔太を保護しているという男。

何を考えているのか、翔太をどうするつもりなのか。里の秘密が漏れたからには、場合によっては長老直属の隠蔽《いんぺい》部隊を派遣してもらうことになるかもしれない。

そして、そうなれば、翔太は里に連れ戻されてしまう。冗談じゃない。

「そんなこと、させて堪るか」

ようやく手許に引き取ったのだ。なんとかうまく解決してやりたい。

「翔太をこちらに来させたのが間違いだった、なんて絶対に言わせない」

亮司はぎりぎりと歯噛《はが》みをしながら、アクセルを踏み込んだ。

翔太がいるというマンションは、いわゆるデザイナーズマンションで、さらにそこの最上階とくれば、金持ち臭がぷんぷんする。

翔太を轢《ひ》きかけたというだけで好意など抱きようもないが、それでもそのあとは保護してくれているのだ。

少なくとも表面上は愛想よくしなければならないと自らを戒《いまし》めながら、マンションに到着した。来客用のスペースに車を停め、入り口に立つ。

驚いたことにそのマンションにはドアマンがいて、「どちらにご用ですか」と声をかけられた。

マンションなのにと思いながらも宮内の名前を出すと、今度は黒服のスタッフがやってきた。わざわざエレベーターホールに案内してくれる。

「専用のエレベーターなので、許可がないと作動しないのですよ」

スタッフの言葉に、仕事柄興味をそそられた。少なくともセキュリティは万全のようだ。

坪庭付きの重厚な門構えの前で、インターフォンのブザーを鳴らす。

途端に内側からさっとドアが開き、

「兄ちゃん！」

声と共に翔太が腕に飛び込んできた。

が、抱き留めようとして広げた腕は、空を切る。寸前で止められたのだ。

「こら、せめて靴くらい履きなさい」

咎《とが》めたのは、甘さを含んだ低めの声だ。耳に心地よく響く。

見ると翔太は、背後から男にひょいと抱え上げられていた。玄関内部が薄暗くて顔ははっきり見えないが、長身で体格もよさそうな男だ。

「あ、ごめんなさ〜い」

翔太が照れたように男に笑いかけている。亮司はぎゅっと拳《こぶし》を握り締めた。

俺の翔太を！

その瞬間、亮司の中でこの男は、気にくわないヤツとして認識された。

翔太は人懐こいし他人を疑わない性格だが、こんな短時間でここまで相手に懐いたことはない。それを……！

自分の権利を侵害されたような不快感が走った。

だが、床にとんと下ろされた翔太が、靴を突っかけてあらためて腕の中に飛び込んでくると、亮司の頭の中から男の存在が消える。

抱え込んだ温もりをしっかり味わいながら、見える範囲で無事なことを確かめた。本当に怪我などはしていないようだ。よかった。

だが問題は、この猫耳と尻尾。

可愛いが、間違いなく可愛いのだが、普通の人間から見たら異様な光景だろう。よくぞパニックに陥らなかったものだ、としぶしぶながら男の自制心に感心したとき、翔太の爆弾発言が飛び出した。

「兄ちゃん、俺、宮内さんと結婚して家族になる」

「はあ!?」

まさに青天の霹靂《へきれき》で、亮司はしばらく言葉を失い呆《ほう》けていた。ようやく意味が理解できて、唖然《あぜん》としたまま呟く。

「結婚？　彼と？」

できるわけないだろと返したら、翔太は一生懸命な顔で見上げてきた。

「できるんだって、アメリカに行けば」

そう言って翔太は後ろを振り向くと、男に笑いかける。

「ねっ、宮内さん」

「その通りだ」

肯定しながら、宮内と呼ばれた男がゆっくりと進み出てきた。

精悍で男前な顔が、はっきり見える。年齢は自分より少し上あたりか。可愛いと思っているのが丸わかりの、柔らかな笑みで翔太を見ていた。

なんだこいつは、とさらなる不快感に眉を寄せていたら、男が顔を上げ目が合った。

途端に背筋に、びりっと電流が走る。敵だ。

亮司は警戒して身構えた。自然に目つきが厳しくなる。

相手も、視線が交錯した瞬間、なにがしかの感慨を抱いたようだ。

一瞬目を見開き、そのあとで亮司の敵意が伝わったのか、眉を寄せて値踏みするような眼差しを向けてきた。

意識しないまま、翔太を抱いていた腕に力が籠《こも》ったらしい。

「兄ちゃん、苦しい」

「ああ、悪い」

慌てて腕の力を緩めたところに、男が声をかけてきた。

「とりあえず中に入らないか。玄関先でする話じゃない」

目は眇《すが》められたままだが口調は柔らかく、声だけ聞けば歓迎しているように聞こえる。それが翔太に配慮したからだということは、なんとなく伝わってきた。

〝翔太の前では互いの敵意を取り繕おう〟〝いいとも、こっちだって翔太は大事だ〟と。

勧められるまま中に入った。

「この度は弟がお世話になりまして」

白々しいが、一応きちんと頭を下げておく。少なくとも、好奇の目に曝されないよう守ってくれたことは間違いないからだ。

リビングに通され、目の前いっぱいに広がる大きな窓に目を奪われる。

高所恐怖症なら住めない部屋だとの感想を持った。そのあとで、室内のインテリアや家具類に素早く視線をやって値踏みする。

裕福なのは確かなようだが、思ったほどけばけばしくはない。落ち着いた色合いでまとめてあり、センスはいいようだ。

「座って。コーヒーでも？」

「いえ、すぐにお暇《いとま》しますから」

「そうはいかないと思うぞ。なにしろ俺は翔太にプロポーズした男だからな」

ひょいと肩を竦《すく》めてキッチンに向かっていく。

人の弟を呼び捨てかよ、とその後ろ姿を睨《にら》んでから、亮司はソファの隣に座った翔太に視線を向けた。

宮内が淹《い》れたらしいカフェオレを、猫舌の翔太はふーふー冷ましながら飲んでいる。危機感の薄い脳天気な弟の頭を、コツンと叩いた。

「こら、説明しろ。なんで耳と尻尾を出しているんだ。結婚するってなんだ。悠長に飲んでる場合じゃないだろ」

「ええっと……」

さすがに今の状況がまずいという自覚はあるのだろう。素直にカップを置き、訥々《とつとつ》と説明し始めた。

約束の時間に遅れそうになって、道を渡ろうと飛び出したと聞いて眉間を押さえた亮司は、さらにそのとき翔太の方が赤信号であったことも聞き出した。

「でもその直前まで点滅していたんだよ。だから間に合うかと思って」

一生懸命言い訳をする翔太の言葉を聞きながら、亮司は嘆息する。猫耳尻尾の翔太がそうっと上目遣いで見上げる様は、凶悪に可愛くて、叱れなかった。だがここでがつんと言っておかなければ、また同じ失敗をしてしまうだろう。次はもっと大事《おおごと》になるかもしれないのだ。したくないがここは厳しい叱責《しっせき》が必要だろう。

そう考えてふと、結婚の話はどこから出てきた？　と翔太に尋ねる。

「翔太、なんで男同士で結婚という話になったんだ」

「それは、オレが泡になっちゃうから」

「はあ？　なんでおまえが泡になる……」

言いかけて、そういえば、と亮司は思い出した。

そそっかしくて危機感のない翔太には、普通に言い聞かせたくらいでは駄目だと考え、強烈な印象が残るように、『泡になる』と周囲と口裏合わせをした上で脅していたのだった。親にも否定するなと念を押しておいたから、翔太はまだそれが本当のことだと信じ込んでいるのだろう。

困った。どう説明すべきか。

悩んでいるときに、宮内がコーヒーを運んできた。

「ありがとうございます」

礼を言って受け取ると、宮内はにやりと意味ありげな笑みを向けてきたあと、翔太に話しかける。何を言う気だと警戒する亮司の前で、宮内はあっさりと暴露してくれた。

「翔太、どうやら泡になることはないらしいぞ。俺としては翔太を嫁にできなくて残念だがな」

「え？」

翔太はきょとんとしている。

「つまり、騙《だま》されていたんだよ。君の大事な兄ちゃんに」

さすがに聞き捨てならなくて宮内を睨み、手にしていたカップをテーブルに戻すと、翔太の肩を捉えてこちらを向かせた。

「すまなかった、翔太。泡になると言ったのは嘘だ。ただそれくらい言っておかないと、おまえには危機感が足りないと思ったのだ」

「泡に、ならない……？」

戸惑ったように聞き返す翔太を見れば、罪悪感が込み上げる。それにも増して、最悪な展開で暴いてくれた宮内への怒りが湧き上がった。自分ならもっと穏やかに伝えることができたのに。

懸念や、危険を避けようとしたなどの理由を無視して事実だけを言えば、確かに騙したことにはなるが、そのおかげで翔太はこの何カ月かを無事に過ごせてきたのだ。

そこのところを強調して、傷心の翔太を慰めようと切り出し方を考えていると、

「そうなんだ、泡にならなくていいんだ。よ、よかった……」

ハハハと翔太が乾いた笑みを漏らした。

「すまなかった」

思わずぎゅっと抱き締める。

「いいよ、わかってる。オレのためだったんだよね。大学生にもなるのにいつまでも落ち着かなくて、すぐ耳と尻尾が出ちゃうから」

亮司の腕の中でごそごそと身動《みじろ》ぐと、翔太が真っ直ぐな視線で見上げてきた。

「確かにそうだが……」

純粋な瞳に、自分がよほど悪いことをしていた気分になる。するとますます宮内への怒りが募った。

翔太の肩越しに非難の目を向けるが、相手は気にした様子もなく、目が合うと薄笑いを浮かべ、ひらひらと手を振ってからかう言葉を投げてくる。

「麗しい兄弟愛だな」

その言葉が揶揄《やゆ》に取れ、さらりと聞き流せなくて、ピリピリと神経が張り詰めた。

あまり他人に関心を持つ方ではないのに、なぜか目の前にいる男がいちいち気に障る。険悪な気配が立ち込めたとき、翔太の言葉でふっと空気が変わった。

「でもさ、兄ちゃん。泡にはならなくても何らかの罰はあるんだろ？　だって、そうでなきゃおかしいもん。みんなが困ることなんだし」

翔太は精神的にはまだ子供でも、馬鹿ではない。一族が平和に暮らすためには、秘密保持が大切なことをよく理解している。そのために規則や罰則が必要なことも。

「ああ。ミスをした者は里に連れ戻され、その後はよほどのことがないと里から出してもらえない。そして目撃した人間の方は……」

そこで効果を狙って言葉を切り、翔太から宮内に視線を流す。宮内は自分には関係ないと言わんばかりに、しれっとした顔でコーヒーを飲んでいた。

「兄ちゃん？」

「長老様の元から隠蔽部隊が派遣されて工作を開始する。要は目撃者の記憶操作だな」

言った途端、翔太が顔色を変えた。宮内がごふっとむせたのが見える。

「そんな！　そんなの駄目だ。記憶って、その人のもっとも大事な部分だよ。それを操作するなんて」

そこで言葉を切って、翔太は悄然と項垂れた。

「オレのミスなのに、相手に迷惑をかけてしまうなんて。里に閉じ込められるよりそっちの方が辛いよ。兄ちゃん、なんとかならないの？　宮内さんに迷惑はかけたくない」

そうだ、翔太はこんな性格だった。自分の痛みより他人の痛みをより強く受け止めてしまう。これだから翔太は、誰からも好意を向けられるのだ。

可愛い、ぐりぐりしたいと思って顔を上げると、身を乗り出すようにしていた宮内と目が合った。その目を見ただけで、同じような感慨を抱いたことが伝わってくる。

どうだ、いい子だろうと肩を聳《そび》やかしたあとでふと我に返り、俺の翔太を見るなと表情を厳しくした。そして、なぜ宮内はここまで翔太に肩入れしてくれるのだ？　と疑問を持つ。出会ったばかりなのに。

轢きかけたことで自責と罪悪感はあっただろう。だが、人間にはあり得ない猫耳と尻尾を見ても動じず、咄嗟に庇ってくれたり、助けるために結婚しようとまで申し出るものだろうか。身内に連絡を取って善処させるのがせいぜいだと思う。

もしかして、翔太を狙っているのだろうか？

男も相手にできるのなら、この可愛い翔太に目をつけても不思議ではない。

冗談じゃない、そんなことはさせるものか。翔太にはいずれ可愛いお嫁さんを見つけてやる予定なのだ。

さっさとここを立ち去ろう。そして、そのまま連絡を断つ。

「約束してもらえませんか、翔太のこと、誰にも言わないって」

真っ直ぐに宮内を見て言うと、すぐに真剣な顔で頷いてきた。

「約束しよう。だが、そんな簡単に俺のことを信用していいのか？」

「するしかないでしょう。俺は翔太を悲しませたくないし、里に帰したくもない。となれば、事実を隠すしかないわけで」

ただしこっそり見張りはつけるけどな、こいつにと心の中でだけ呟いた。

「そういうことなら、信じてくれていい。翔太を危険に曝すことはしない」

宮内がきっぱりと言い、亮司は翔太を促した。

「だそうだ。翔太よくお礼を言いなさい。兄ちゃんも里には内緒にしとくから」

うん、と頷いて立ち上がると、翔太は深々と頭を下げた。

「本当に、いろいろとありがとうございましたっ」

翔太が立つと同時に亮司も立ち、一緒に一礼した。

「いや、こちらこそだ。世の中にはまだまだ不思議なことがあると教えてもらった。日々マンネリで、少々退屈になっていたところだから、いい刺激になったよ」

頭でぴくぴく動いている翔太の猫耳を見ながら、宮内が笑った。

「それじゃあ、これで。あらためて、お礼をさせていただきます」

亮司が、今日は取るものも取りあえず駆けつけてきたので手ぶらで申し訳ないと謝ると、宮内はいらないと手を振った。

「こっちも翔太を轢きかけたわけだし。無事でよかったよ。それより、そのままじゃあ外に出られないだろう」

「ああ、これは……」

宮内の指摘に亮司は苦笑すると、翔太の首筋に手を置いた。そのあたりを優しく撫でて気息を整えさせてから、盆の窪を指で強く押す。

「……っ」

翔太が息を詰め、それからゆるゆると吐いた。その間にシュルシュルと耳が消え、尻尾も引っ込んだ。

「収まった？」

怖々聞いてくるので、ああ、と頷いてやる。

「消えたな」

残念そうに言いながら、宮内が猫耳の痕跡を求めて頭に手を伸ばしてきた。その手を遮ろうと、さっと翔太を自分の後ろに隠す。

「ナーバスになっているので、触らないでやってください」

宮内は面白くなさそうな顔はしたが、わかったと、おとなしく手を引いてくれた。

「それでは」

ともう一度会釈して翔太と共に玄関に向かう背後から、宮内が声をかけてきた。

「なんとなくここで別れたらこれっきりになりそうな気配だなあ。そうだ、翔太、俺のところにバイトに来ないか」

いきなりの提案になんの魂胆かとの思いを深くする亮司に対して、バイトと聞いた翔太の顔が期待に輝く。もしまだ耳が出ていたら、ぴんと突き立っていただろう。

「折角のご縁だし、このままこれきりというのも淋しい。耳と尻尾を出さない訓練をうちの会社でやるのもいいかと思ったんだが」

「兄ちゃん、駄目？」

振り向いて確認を求めてくる翔太には穏やかな表情を向けながら、亮司は内心でぎりぎりと歯噛みをした。

これまで翔太にはバイトを許していなかった。本人はやりたがっていたが、まずこちらの生活に慣れろと言い聞かせ、次は学生は勉強か本分だろと口実を設け、最後には、何かあったら困るからと説得した。

翔太もしぶしぶ納得していたのだが。

大学生活もすでに半年以上が過ぎ、前期試験の成績も上々だった。理由の二つはもう成り立たず、しかも宮内の下《もと》でのバイトは、三番目の理由もクリアしてしまう。秘密を知っている宮内なら、何かあったときのフォローが見込めるからだ。

今回、耳と尻尾を出してしまった事故を考えれば反対だが、このままでいいわけでもない。それに、翔太の社会経験の機会が増えるのはありがたいかもしれない。

断りたい。だが断れば、翔太には間違いなく恨まれるだろう。

「やりたいのか？」

聞くまでもないのはわかっていたが一応確認すると、翔太は跳び上がって叫んだ。

「やりたい！」

即答だった。仕方がない。期待に満ちたきらきらする瞳には敵わない。

亮司は断腸の思いで、宮内に翔太を託すことにした。

「世間知らずなのでどこまでお役に立てるかはわかりませんが、よろしくお願いします」

「潔いな。気に入った」

宮内がぼそっと呟いたが聞き取れず、聞き返したらなんでもないと首を振られた。なんだったのかと訝《いぶか》りながらも、翔太の背中を押す。

「おまえからもちゃんと頼みなさい」

「お願いしますっ」

翔太が勢いよく頭を下げた。

宮内が満足そうに笑う。

条件その他は、明日にでも宮内の会社に出向いて話し合うことになり、翔太は嬉しそうに宮内から名刺をもらっていた。有名な社名を見て、そう言えば経済誌で記事を見たことがあったなと、亮司も記憶を辿る。

「えへへ、社長さんだ〜。実はね宮内さん、兄ちゃんも社長なんだ」

自慢そうに言うから、亮司も仕方なく名刺を差し出した。

「社長じゃない、代表だ」

と翔太の言葉を訂正しながら。

「へえ、M&Sセキュリティ、知ってるよ。知人の一人が利用して、有能なエージェントを派遣してもらったと喜んでいた。評判もいいし、うちも一度調査部門で利用しようかと思っていたところだ」

「それはありがとうございます。ご用命をいただけるのを、お待ちしております」

「そのときは、君が来てくれるのか?」

名刺を弄《もてあそ》びながらにやにやして聞いてくるから、いいえと否定しようとして、待てよ、と思い止《とど》まった。自分が依頼を受ければ、少しは翔太の側にいられるじゃないか。なので、

「場合によっては」

と濁しておく。途端に翔太の目が誇らしげにきらきらと輝いた。

「うわあ、兄ちゃん、現場に出るんだ。あのね、宮内さん、兄ちゃん、すごいんだよ。手がけた案件で失敗したことないんだもん。だから会社も大きくなったんだよ」

ねっと満面の笑顔で覗き込まれて、自然に頬が緩む。可愛い翔太の称賛こそが、亮司の原動力だ。

「それはたいした評価だ。俺も身内からそれくらい賛辞をもらいたいものだ」

言い方が皮肉げに聞こえたから、難癖をつける気かと睨んだら、宮内は僅《わず》かに目を伏せている。陰りのある表情に見えたのだが、亮司の視線を感じると同時にその表情を払拭《ふっしょく》し、何もなかったかのようににこりと笑って見せた。

何か身内でごたごたでもあるのかもしれない。

と疑問を持ったことなどおくびにも出さず、明日の時間を約束すると辞去した。

喜びで弾むような足取りで歩く翔太に、兄の心、弟知らずだと、亮司は深いため息を漏らす。

「で、その会社を調査させたわけか。公私混同だな」

桜庭が呆れたように言って、亮司が手にしている報告書を弾いた。

「いいじゃないか。ちゃんとポケットマネーで料金は払うんだから」

「従業員価格でだろ、経営者のくせに」

「ただ働きさせるよりましだろ」

亮司はふんと胸を張る。桜庭はやってられないと首を振ると、亮司の手からすっと書類を抜き取った。

「宮内晴樹、三十歳。株式会社ネットストア社長。センスのないネーミングだな。その分わかりやすいが」

年商、系列企業、主要事業などに目を通したあとで、桜庭が口笛を吹いた。

「年商がすごいな」

すごいと言うわりには熱量がなく淡々としている。悔しいとか競争心とかはないのかとじろりと睨んでやった。

もともと桜庭は、感情に大きな起伏がなく安定した気質の持ち主なのだ。若くして老成しているというか。クールな見かけで実は激しやすい亮司とは、いいコンビだと昔から言われていた。互いに二十八歳になった今でも、その評価は変わっていない。

「年商だけを言うな。利益率を見ろ。あっちはネット上の店舗だから、利益率はさほどよくない。うちの方が断然上だ」

「対抗しているのか。職種が違うのに意味ないだろ」

呆れたように言って、桜庭は書類を捲《めく》った。

「独身。マンション、別荘、クルーザー所有。おや、旧財閥の宮内家の者か。しかも次男だから、立場的には狙い目だな。金は腐るほどあるだろうし」

亮司は喉《のど》の奥で唸《うな》り声を上げた。面白くない上に、桜庭の次の言葉でさらに不快感を掻き立てられた。

「うまくすれば翔太は玉の輿《こし》だったのに」

「玉の輿〜〜⁉　冗談言うな！　翔太は男だ。いつか可愛い娘とバージンロードを歩かせる」

息巻いて言ったあとで、ん？　と首を傾げた。なんか違うような。

桜庭がぷっと噴き出した。

「バージンロードを歩くのは花嫁だぜ。翔太なら、花嫁のベールも似合うだろうけどな。本人、絶対嫌がるだろうが」

ゲラゲラ笑われて、言い間違えただけだ、とそっぽを向く。

桜庭がぽんと書類を放った。

「で、可愛い翔太の初バイト、雇用条件を決めるのに付き添うのか」

「当然だ」

それもあるから急いで調べさせたのだ。

「普通、バイトの面接に保護者は不要だぜ。うちだったら、そんな親離れしていないバイトはお断りだ」

嘆息しながら言われて、うっと言葉に詰まった。が、すぐに開き直る。

「採用されないなら、その方がいいじゃないか」

「へえ〜。翔太が落とされるのがいいと？」

「何を言う。翔太を不採用にする奴がいるはずないだろう。翔太は世間知らずだが優秀だ」

憤慨して言った亮司に、桜庭が再び噴き出して指を突きつける。

「矛盾しているだろ、それ」

その通りだから、亮司はばつが悪く押し黙った。

「ま、あまりしゃしゃり出ないようにするんだな。ヘンなことをしたら翔太に恨まれるぞ」

最後に嫌な忠告を残して、桜庭は部屋を出ていった。

亮司はため息を零《こぼ》しながらもう一度手許の書類に目を落とす。特急で集めさせたからおおざっぱなものでしかないが、活気のある忙しい職場だということは読み取れた。

「翔太に何をさせる気なんだろう」

雑用といっても、バイトの翔太が社長直属になるとは考えにくい。秘書もいれば側近もいるはずだからだ。

とはいえ、あの状況でバイトにと言い出すからには、何か思惑があるはずだ。

翔太にちょっかいを出そうったって、そうはいかないぞ。何を企《たくら》んでいようと、絶対に阻止してやる。

亮司はぐっと拳を握った。

翔太とは、大学が終わる時間に待ち合わせしていた。

「一人で大丈夫だよ」

むっとした顔で翔太は言ったが、心配だからと押し切った。

宮内の会社は、高層ビルの真ん中よりやや上の三十四階にあった。広々としたエントランスに設けられている受付で用件を告げると、開放的な造りの打ち合わせスペースへ案内された。

まもなく宮内が男を一人連れてやってきた。社長の登場に周囲がにわかにざわつく。向かう先である亮司と翔太に、何者だとでも言いたそうな好奇の目が向けられた。

亮司を見て宮内がにやりと笑う。

「やっぱりね。君も来ると思った」

「条件だけは聞いておかないと安心できないので」

「ブラコンの兄貴としては、そりゃあ心配だろう」

挑発するように言われ、ここで言い返したら相手の思うツボだとぐっと堪えた。亮司をやり込めたことで気が済んだのか、宮内は翔太に顔を向けた。

「よく来てくれたね。仕事は雑用だけど、社外に出ては困るデータも扱うから、俺直属ということにするよ。勤務時間は翔太君の空いている時間帯でいい。バイト料は、守秘義務遵守《じゅんしゅ》込みでこれくらい」

結構いい金額だ。それがセクハラ込みでなければ好条件だけどな、とまだ宮内の真意を計りかねている亮司は思う。

「雑用って、主にどんなこと？　オレにできるかな」

翔太が尋ねたのを聞いて、亮司は、ちょっと待て、と翔太を止める。

「ここは、言葉遣いに気をつけるところだろう。雇い主の社長さん相手だぞ」

「え、あ、そうだった、じゃなくて、そうでした。あの、オレ、わたし？　にもできる仕事なのでしょうか……っ。痛、舌噛んだ」

宮内が笑い出した。

「いいよ、そのままで。フレンドリーに行こう。その代わり俺も翔太と呼ぶから」

「え、あの……？」

口籠もった翔太が亮司を見上げる。向こうからの申し出だ。駄目だとは言えない。

仕方なく亮司が頷いた。そうやって翔太の気を引こうとしやがって、と内心で宮内を睨《ね》めつけながら。

亮司が頷いたのを見て、翔太が照れくささそうにへへへと笑う。

「できるだけ気をつけます」

「ほどほどでいいよ。で、仕事内容だけど、主にやってもらうのはユーザーからの各種コメント類の集計かな。店舗のクチコミからクレームまで、コメントは常時受け付けているんだ。ほかにも何人かバイトに来てもらっているが、なかなか大変だよ。それと社内の連絡役。うちはこの上の階にもオフィスがある。上下の行き来が面倒でね。書類その他を持って、上がったり下りたりしてもらうことになる。直接の指示は彼から」

そう言って宮内は、同行した落ち着いた風貌の男を見る。四十歳前後だろうか。

「宮内の秘書をしている木村《きむら》です」

名刺が差し出され、自己紹介するのを待ってから、宮内が翔太の方に向き直った。

「出勤したらまず彼の所に行って、その日の業務の指示を受けてくれ」

そう言ったあと、希望の曜日と時間帯などを打ち合わせてから、何か質問は？　と尋ねてきた。ビジネスライクに話が進むので、亮司が口を出すまでもない。

翔太がちらりとこちらに目をやって、亮司が何も言わないのを見ると、安心したように頭を下げた。

「えっと、ないです。よろしくお願いします」

「こちらこそ。じゃ木村さん、今の条件で書類を作ってきて」

「わかりました」

立ち上がった木村が、失礼しますとその場を離れた。

「楽しみだなあ。期待しているからね」

宮内は翔太に笑いかける。精悍な顔がいきなり親しみやすい空気を纏う。翔太もぱっと笑顔になった。条件などを話している間は、宮内も真面目な顔をしていたから緊張していたらしい。

亮司としては「騙されるな」と言いたいのだが、ここで口を出せば翔太を悩ませるとわかっているから黙っている。

「万一出ちゃったときはちゃんとフォローするからね。安心して来てくれ」

宮内が冗談めかして、手で頭に耳を作ってみせる。

「アハハ。ありがとうございます。でももうそうならないように頑張らなくちゃ」

「いや、頑張るのはそっちじゃなくて、仕事の方でたのむよ」

宮内の軽口に、翔太が声を立てて笑う。そのあとも宮内は気さくに業務内容を話したり、期待していることをさりげなく会話に織り交ぜて、翔太をリラックスさせた。

頑張って敬語を使おうとしていた翔太もすぐタメ口になり、和気藹々とした雰囲気に亮司の機嫌はぐんぐんと下降していく。

翔太は、初めてのバイトで張り切っているようだ。熱心に宮内の言葉を聞いている。できる大人の男である宮内に、あこがれめいた感情を抱いたのがわかった。

なんでこんな男にそんな目を。おまえの兄ちゃんだって有能なんだぞ、と言いたくて口がむずむずする。その気持ちが、宮内を見る視線をさらに険しくさせていた。

翔太と話をしながら、ときおりちらりとこちらに流してくる宮内の視線が挑戦的だ。いや、わざと苛立たせるように振る舞っているのだろう。最初にこちらが敵認定したから、ある意味仕方がないが。

早く翔太を連れて帰りたいとじりじりしていると、宮内がこちらに顔を向けてきて、ぎくりとする。

「おやおや、お兄ちゃんは不満そうだ。まだバイトに反対しているのかな？」

目を眇めるようにして話を振ってくるから、え？　と翔太が亮司を見た。

「兄ちゃん……？」

「してない。反対ならここには連れてきていない」

急いで否定すると、翔太はほっとした顔になる。

余計なことを、と宮内を睨んだ。なんとか言いくるめてやめさせたいのが本音だが、この展開では口を噤《つぐ》むしかない。悔しいが、翔太から見れば文句もつけようのない好条件なのだ。引き下がるしかなかった。

木村が雇用契約書を持ってきて、翔太がサインする。

それだけ済ませると、宮内は来客があるからと途中で退席していった。

「あてにしているからな、翔太。頑張ったらうまい飯を食わせてやるよ」

翔太を蕩《た》らす言葉を一言言い置き、さらに、ふふん、と言わんばかりの挑発的な流し目を亮司に残して。

翔太がまた、その言葉に「やった」と頬を紅潮させるものだから、亮司としては面白くない。

帰りは絶対に迎えに来て、食事に誘えないようにしてやる、と密かに拳を握った。

あとを任された木村から、細々した社内規定の説明を受ける。

翌日から翔太は、大学が終わると宮内の会社に直行し、バイトに勤しむ生活を始めた。

しばらくは帰りは迎えに行くと翔太に告げると、え～～と不満そうな声を上げていたが、

「おまえがバイトを始めたら、一緒にいられる時間が少なくなるから、兄ちゃん、寂しいんだ。

わかれよ」

と切なそうに言ってやると、慌てて承諾した。

「でも兄ちゃん、いつもそんなに早く帰ったら、仕事やばいんじゃないの？」

かえって心配してくれる翔太に気が咎めたが、いやいや宮内の思惑通りにさせて堪るものかと思い返す。

「ま、なんとかするさ」

「うん、ごめんね」

それからの毎日、亮司は連絡が入ると、慌ただしく会社を飛び出して迎えに行き、車の中でさりげなくその日の出来事を聞き出すのが日課となった。

「今日は宮内さんが、ごはん食べに行こうって言ってくれたのに、ちょっと残念」

その甲斐あってバイト開始から数日後、助手席に乗り込みながら話す翔太の言葉に、ざまあ見ろと内心で宮内を嘲笑したのは、翔太には絶対に内緒だ。

とはいっても亮司自身、仕事を抱えている身だ。毎日のように早く帰っていれば、仕事が滞ってしまうのは目に見えていた。桜庭を拝み倒して協力してもらっていたが、二週目に入るとさすがに呆れられてしまう。

「おまえの決済がいる書類ばかりだぞ。弟離れしろ」

厳しく言われて、項垂れた。

「だが迎えに行かないと翔太が……」

ぶつぶつ呟く亮司に小さく嘆息すると、桜庭は部屋の外に出て携帯を取り出し短縮番号を押す。手招きされていきなりなんだと側に行くと、桜庭は出た相手に気さくに話しかけた。

「やあ、翔太。今夜は仕事が立て込んでて、おまえの兄ちゃん迎えに行けないんだ。バイトが終わったら一人で帰ってくれるかい？　うん、そう、いい？　悪いね。え？　そうなんだ、ふうん。翔太も大変だな。じゃ、そういうことで」

翔太にかけたとわかった途端、亮司は慌てて桜庭の手から携帯を取り上げようとしたが、さっとうまく躱《かわ》されてしまう。

「桜庭、なんのつもりだ」

通話を切って携帯を閉じた桜庭に低い声で凄むと、桜庭は呆れ果てたと言わんばかりの目を向けてきた。

「翔太にも、もう来ないでほしいと頼まれたんだって？　バイト仲間に過保護とからかわれたからって」

「うっ、それは……」

ばつが悪くて亮司は視線をうろつかせる。

「なあ、本当に、いい加減にしろよ。翔太だっていつかは独り立ちしなければならないのはわかっているんだろ。それをおまえが邪魔をしているんじゃないか」

痛いところを指摘されて、亮司は声を張り上げた。

「うるさいっ。おまえに何がわかる。俺は翔太に悪い虫がつかないように……」

「悪い虫って何？　おまえにとって、翔太に近づく者はみんな悪い虫扱いじゃないか」

「そんなことはない」

「あるんだよ」

きっぱり断言した桜庭は、翔太がまだ里にいた頃も、翔太に関心を持った女の子たちを亮司が徹底的に排除していたことを指摘した。

「言葉巧みに引き離して、頃合いを見て誰かに押しつけていただろ」

「な、なんで知っているんだ！」

焦った亮司が問い詰めると、桜庭はあっさりと種明かしした。

「その女の子たちに相談されていたからだ。俺はずっとおまえの親友だと認識されていたからな。女の子たちからすれば、それでなくても大人で王子様キャラのおまえに口説かれたら、ぽうっとなってイチコロだっただろうよ。その中にもしかしたら、翔太の初恋の女の子もいたんじゃないか」

「いや、それは……」

しっかり覚えのある亮司は口籠もる。

自分の言葉が図星だったと知って、桜庭はやれやれと首を振った。

「翔太が知ったら、どうなるかな。大好きな兄ちゃんの裏の顔」

ぎょっとして亮司は桜庭を見る。

「……言うつもりか」

「そうだな。どうするか。ともかく今日は滞っていた仕事を片付けろ」

宣言されて、半ば脅迫のそれに亮司は屈服した。普段は開けっ放しにしている役員室のドアを閉じて、執務に集中する。

内心では、翔太はちゃんと宮内の誘惑を躱して帰宅しただろうかと気を揉みながらも、後回しにしていた事業計画や新規の依頼に目を通し、次々に決裁していった。

傍らで見ていた桜庭が、文句のつけようもない仕事ぶりだった。

その日、深夜近くに帰宅した亮司は、電気がついたままの居間をそっと覗いてみた。パジャマ姿の翔太が、ソファで丸くなって可愛らしい寝息を立てている。どうやら何事もなく帰ってきたようだ。起きて待っていようと頑張って、撃沈したのだろう。

つけっぱなしのテレビを切り、腰を屈めて覗き込む。眠りを妨げないように、

「ただいま」

と小さく声をかけた。途端に翔太がパチッと目を開けたので、起こしてしまったか、失敗したと思いながら微笑みかける。

「悪い。起こしたな」

「ううん。兄ちゃん、おかえりなさい」

眠そうな声で舌っ足らずにそう言うと、翔太が腕を伸ばしてきた。首筋にしがみついてくるから、そのまま抱き上げる。

「オレ、ちゃんと帰ってきたよ。大丈夫だったでしょ」

ベッドに運んでいく途中で一生懸命そんなことを言うから、

「そうだな。翔太ももうちゃんとできる歳なんだな」

と穏やかに肯定してやると、ようやく安心したのかふわりと笑みを浮かべた。

ベッドに横たえ上掛けを掛ける頃には、翔太は大きな欠伸《あくび》を漏らしうつらうつらし始めていた。そして、傍らで見守っているうちに、すとんと眠りに落ちていったのだ。

そっと頬を撫でてから、部屋を出る。

「過保護もたいがいにしろってことなのかなあ」

ちゃんとできたと言いたいがために、起きていようと翔太も頑張ったのだろう。

吐息を零し、ネクタイを緩めながらバスルームに向かう。久しぶりに根を詰めて仕事をしたせいか、疲れていると同時に爽快感もあった。

シャワーを浴び、寝酒を飲みながらもう一度翔太の部屋を覗く。上掛けを蹴飛ばして腹を丸出しにしているのを見て掛け直してやり、起こさないようにそっと部屋を出る。

「しばらく様子を見るか」

亮司は残りの酒を飲み干すと、ため息をつきながら自室へ向かった。

亮司が迎えに行かなくなって数日、翔太は問題なく帰宅していた。迎えに来なくても大丈夫だというところを見せたくて懸命な弟が、微笑ましい。

バイトが初めての翔太を周囲が気遣ってくれているらしく、聞けばなんでも教えてくれるという。社員だけでなくバイト仲間も、

「みんな、親切なんだよ」

と翔太は喜んでいたが、それは本人の容姿と性格ゆえだろう。

歳よりも幼く見えるこの顔でちょこちょこと一生懸命動いていれば、誰だって手を貸したくなるし、意地悪などできないはずだ。

「こんなことなら、うちの会社でバイトさせればよかったかな」

そうしたら、今のようにしょっちゅう安否を気にしなくてもよかったし、家だけでなく会社

でも翔太を見ていられたのに。

桜庭に持ち込まれた仕事をしながら、亮司は呟いた。

「折りを見てこちらに引き込むか」

そのためには、翔太にできそうな仕事を見繕っておかなければならない。おまえでなければできない仕事なんだと言って口説き、向こうの仕事を辞めさせる。

側に桜庭がいて亮司の呟きを聞いていたら、「おいおい」と突っ込まれていただろう。

「しかし、翔太にしかできない仕事……」

それが結構難しい。社員がやるような責任ある仕事は回せないし、といっておまえにしかできないと本人を納得させるにはそこそこ重要性がないとまずい。

考えていた亮司は、鳴り出した携帯の着信音で我に返った。

「翔太からだ」

今頃なんだろう。迎えに来てほしいの連絡かな。だったらすぐに仕事を終わらせてと考えながら電話に出た亮司は、次の瞬間、翔太用の甘い声を怒声に変えて喚いていた。

「駄目だ！　翔太。真っ直ぐ家に帰れ」

翔太が連絡してきたのは、今夜頼まれて残業したので、そのお礼に宮内が食事をごちそうしてくれるというもので、亮司としてはとうてい許すわけにはいかない。

だがまだこちらが「翔太！」と呼んでいるのに、ぷつっと通話は切れてしまった。

翔太が、自分との通話を一方的に切るはずがない。ということは傍に宮内がいて、彼が勝手に切ったに違いないのだ。

携帯をしまいながら、亮司はぎりぎりと歯噛みをする。

パソコンの画面を切り替えて、ＧＰＳで翔太を追跡するように設定した。そんなものがあるとは知らない翔太にばれないように、普段は極力使わないようにしているのだが。

さらにそのデータをカーナビに転送するようにしてから立ち上がる。

ばたばたと机回りを片づけて、執務室を飛び出した。

急いで非常階段まで出ると、夜で誰にも見咎められないのをいいことに手摺りを乗り越えて数階分を一気に飛び降りた。

里に生まれた者たちは、獣の特性を色濃く残している。聴覚、嗅覚に優れ、身体能力にも秀でていて身が軽い。気配を消すこともできる。亮司はセキュリティ専門の会社を興したが、ここでもそうした能力はうまく活用されていた。

すたっと地上に降り立つと駐車場に急ぎ車に乗り込む。ナビシステムを稼働させると、駐車場を飛び出した。

翔太の居場所を示す輝点はしばらく動いていたが、少しして止まった。目的地に着いたのだろう。地図を拡大し、その場所を特定して車を走らせた。道交法のスピード規制が恨めしい。自分の能力なら、この三倍の速度でも安全運転ができるのだ。

ようやく到着した店は、シックな雰囲気を醸し出す大人向けのダイニングバーだった。こんな店なら、翔太はさぞ喜んだだろう。近くの駐車場を探して車を突っ込み、肩を怒《いか》らせて店に入る。

店は個室仕様になっていて、奥の方から翔太の匂いがぷんぷん伝わってきた。その方向へ進もうとして、典雅な礼をするウエイターに遮られる。

「いらっしゃいませ。ご予約のお客様でいらっしゃいますか？」

ここまでカッカしながらやってきた亮司も、ここで我に返った。優雅な空気に満たされた店内で騒ぎを起こすわけにはいかない。

「宮内さんと約束しているのですが」

一か八かその名を出すと、ウエイターが頷いた。

「承っております。こちらへどうぞ」

承っている？　どういうことだ。

疑問を感じたせいで、歩きだしたウエイターに従うのが一瞬遅れた。

案内された個室に着くと、中からわっと翔太の声がする。

「あ、兄ちゃんだ」

「ほら、ちゃんと来ただろう？」

宮内が得意そうに翔太に笑いかけた。

ウエイターは亮司の椅子を引き、着席するのを待ってから、メニューを差し出す。

「お決まりになりましたらお呼びください」

一礼して去っていくウエイターを見送ってから、亮司は翔太に視線を移し、宮内を見た。

「どういうことだ」

「翔太を食事に誘ったら、君が駄目だと言ってるからと断られた。だから、あとから君も来るからと強引に誘ったわけだ」

そこまで言って宮内は、翔太に甘い笑みを向ける。

「おまえの兄ちゃんはすごいな。場所も言っていないのに、ちゃんとここに来るんだから」

すると翔太は、にこにこ笑いながら、自慢げに胸を張った。

「前に言ったよね、兄ちゃんは優秀なんだって」

つまり、思わせぶりに電話を途中で切ったのも、こちらを誘い出す手段だったわけだ。亮司はぎりっと奥歯を噛み締めると、射抜くような眼差しで宮内を睨む。

「これなら保護者同伴だから安心だろう？　料理を頼めよ。ここは素材を吟味した創作料理を出す店だ。味は保証するぞ」

薄ら笑いで挑発するように言われ、さらに悔しさが募った。まるで宮内の掌の上で踊らされているような気がする。

だが、翔太の前だ。売り言葉に買い言葉では大人げない。沸き立つ感情をぐっと呑み込んで、メニューに視線を落とした。隣から翔太が身体を寄せてくる。

「宮内さんがね、前菜はこれとこれがおいしいって。メインはここからで、それから付け合わせには……」

自分が頼んだ料理を教えながら、別の料理を選んでほしそうな顔をする。味見させてもらおうという魂胆だなとおかしくなりながら、翔太の希望通りに注文する。

翔太を見ているうちに、頭に昇っていた血が少し落ち着いてきた。ともかく翔太はここにいて、自分が見ている限り危ない目に遭うことはない。勝手に引きずり回してくる宮内への憤りは胸の内で燻《くすぶ》り続けていたが、ひとまず収めた。

注文を終えて程なく、先に頼んでいた翔太たちの料理が届けられた。同時に亮司の突き出しや、ふわりと甘い香りのする食前酒も。

先ほどから漂っていた香りもこれと同じだ。宮内の食前酒の匂いだったのだろう。

自分のを飲もうとして、ん？　と翔太を見た。同じように洒落た小さなグラスを持ち上げている。まさか翔太のも？

「それ、酒じゃないのか」

「あ、うん。梅酒だよ。甘くておいしいね」

「おまえ、未成年だろうが」

言いながら取り上げようと伸ばされた手を見て、翔太が慌てて残りの酒を一気飲みする。

「馬鹿っ」

さっとグラスを取り上げたが、中は空だ。翔太がひっくとしゃっくりをする。その拍子に、ぴょこんと猫耳が飛び出した。

「耳が出てるぞ」

「え？　あ！　ノンアルコールのはずなのに。なんで……」

頭を押さえて、翔太が項垂れる。

「正月にお屠蘇の匂いだけで酔っ払ったのは誰だ。耳と尻尾が出て、しばらく戻らなかっただろう。飲んだのがノンアルコールなら、宮内さんの梅酒の香りで酔ったんだろう。さてどれくらいで収まるかな」

深々とため息を漏らしながら、呆れたと指摘した。

「どうしよう」

青くなる翔太に、亮司はさらに追い打ちをかける。

「中学生のときもやったよな。それから高校のとき、祖父《じい》さんの秘蔵のどぶろくをこっそり飲んだときのことも、知っているぞ。あのときは三日ぐらい戻らなかっただろう」

「ええっ、なんで知ってるの！　あ、母ちゃんがちくったんだ、痛っ」

叫んだ翔太の頭をゴンと叩く。

「とにかく、今後おまえは酒の側に行くのも禁止」

頭を掴んでぐらぐらと揺すりながら言い聞かせた。

向かい側で宮内がくすくすと笑っている。亮司ははっと顔を上げた。ここに自分たち以外の第三者がいることをうっかり忘れていた。宮内は実情を知っているから、無意識に警戒を緩めてしまったのだろう。

宮内は、可愛いなあという顔で、翔太を見ている。微笑ましい視線はなぜかこちらにも向けられて、なんだ？　と亮司は宮内を見返した。

「いや、いいねえ。兄弟仲がよくて羨《うらや》ましい。しかも翔太のそれは可愛らしいし。目の保養をさせてもらったよ」

宮内にしみじみと述懐されて、亮司は返事に困り、翔太はえへへと猫耳をぴくつかせる。褒め言葉に聞こえたのだろう。亮司としては、天然な翔太にため息をつくしかない。

「取りあえず、店員がくる前に猫耳をしまえ。できるか？」

「あ、うん」

急ぐときは亮司も手を貸してやるが、本来自分で収めなければならないものだ。翔太が気息を整えて、ふんっ、と力を入れると、ゆっくりと猫耳が消えていった。

できたと喜ぶ翔太に、できて当たり前なんだがと亮司はもう何度目かのため息を零す。

「残念、消えちゃったな。もう少し見ていたかったのに。だがそんなに弱いとは俺も迂闊《うかつ》だった。このあとは俺もソフトドリンクに変更してもらおう」

宮内の言葉に、亮司が頭を下げる。

ウエイターを呼んだ宮内が皆の飲み物を変更する。それを聞きながら、意外にいい奴なのかもと思ったときだった。

「次は兄ちゃんに内緒で出かけようぜ。翔太も少しくらいは冒険してもいいだろう。いろいろ面白いところに連れていってやるぞ」

などと、宮内が翔太に囁いている。こちらに聞こえる程度の声だから、わざと挑発しているとしか思えない。ところが口を挟む前に翔太が、

「駄目。ちゃんと兄ちゃんがＯＫしてくれないと行かないよ」

と答えたから、よしよし、よく言ったと頭を撫でてやる。

「これはこれは。俺は兄ちゃんには勝てそうもないな」

「あったりまえじゃん」

どうやら翔太を手懐けて、いいように引き回そうという魂胆らしいが、翔太も馬鹿ではない。ざまあみろ、と思いながら気持ちよくドリンクを飲み干した。

宮内は懲りた様子もなくにやにや笑っている。この調子ではまだ油断はできない。言葉巧みに翔太を誘い出しそうだから、警戒は必要だ。

そんなやり取りはありながらも、運ばれてきた料理はおいしかった。雰囲気もいい。宮内が言ったように、確かにいい店だ。食べている間は宮内も話題を選んでいたから、気持ちよく食事を進めることができた。そのあたりは大人の配慮ができると認めてやろう。

梅酒もどきを飲んだ翔太はノンアルコールなのに陽気になったが、猫耳をしまったあとは特に異常も見られず、亮司はほっとした。

あとはデザートだけとなったとき、宮内が翔太を見ながらしみじみと言った。

「さっきのも本当に可愛かったから、子供の頃の翔太が耳や尻尾を出したところはとんでもない可愛さだっただろうな」

可愛いと言われて、翔太がえへへと照れる。その通りと内心では肯定しながら、亮司は不機嫌を装って翔太を窘《たしな》めた。

「馬鹿、そこは、そんなことはないと否定するところだぞ」

「え？　なんで？　オレ、褒められたよ？」

「男なら、可愛いよりカッコイイが褒め言葉だ」

「そうだけど。兄ちゃんだってオレのこと、しょっちゅう可愛いって言ってるじゃないか。オレ、兄ちゃんに可愛いって言われるの、嫌じゃないよ？」

うっと言葉に詰まった。宮内がまたしても笑い声を漏らしている。くそっと思いながら、天然故に兄を追い詰める翔太のおでこをピンと弾いてやった。

「俺はいいの。兄ちゃんだから」

「痛いよ。……なんで兄ちゃんならよくて、宮内さんならいけないの。わけわかんない」

理屈で追い込まれていよいよ返事に窮したとき、宮内が話を逸らした。

「翔太、おまえ、兄ちゃんが耳や尻尾を出しているのを見たことがあるだろ？　どんなだった？　やっぱり可愛いのか？」

話題を変えようとしてくれたのかと一瞬だけ感謝の念を抱きかけたが、望ましい方向でないことに、やはり魂胆があったかと急いで割って入る。

「人前で出したことはない」

「見たよ。すんごくかっこよかった」

声がハモって、亮司は翔太を窘めた。

「翔太！　適当なことを言うんじゃない」

叱られても、翔太は言い張った。

「だって、見たもん。耳なんかこう、ぴんと突き立って、尻尾は長くて形もよかったし。それに兄ちゃんだって言ってただろ。本当に気を許していて、理性が働かなくなるくらい気持ちいいときには、耳や尻尾が出るって……痛っ」

パンとはたかれて翔太は頭を抱える。宮内が噴き出した。

「気持ちがよくて理性が働かない状態とは、俺にはたった一つしか思い浮かばないんだが、翔太はいったいどんなときの君を見たんだろうな。ぜひとも聞かせてもらいたいもんだ」

笑いながら宮内は、意味ありげに亮司を見てくる。翔太にはわからないだろうが、宮内のその目と言葉は性的なことを匂わせていた。

思わず顔が熱くなり根性で赤面は堪えたものの、宮内には見破られたようだ。完璧に感情を殺せない自分に腹が立つ。宮内に隙を見せることになるからだ。案の定彼は、さっそく突っ込んできた。

「ほう、耳が赤くなっている。俺の想像も満更外れてはいないってことか」

「勝手な想像をするな！」

反射的に言い返したが、どうしても舌鋒《ぜっぽう》が鈍る。言葉の代わりに亮司が凄みのある目を宮内に向けると、わざとらしく両手を挙げて降参の仕草をしてきた。

「おお、怖い。この話題はこれまでにしておく方が無難そうだ。な、翔太」

一人わけがわからない顔をしている翔太が、わからないまま「うん」と頷く。

デザートのあとで、

「兄ちゃんが許してくれたら、またデートしような」

と宮内に言われた翔太は、満面の笑顔で承諾した。そのあとで、あれ？ と首を傾げている。

「デート？ 宮内さん、オレ、女の子じゃないよ？」

宮内が楽しそうな顔になる。

「そうだな、翔太はちゃんと男の子だから、デートと言ったのは不適切だった。俺としては二人で一緒に出かけようというつもりだったんだ」

翔太にはいい顔をしてみせて、亮司にはにやりと挑戦的な流し目を寄越す。こっちはデートのつもりだぞと念を押すような。

「それならわかるけど」

和気藹々と言葉を交わす翔太と宮内に、亮司は密かに拳を握り締めた。

絶対に二人きりにはさせない。翔太を守れるのは自分しかいないのだ。

◇◇◇

毎日が楽しいと宮内は上機嫌だ。こんな気分は、本当に久しぶりだった。

会社を立ち上げ大きくしていく間は充実していた。だがすぐに成長路線に乗ってしまい、放っておいても事業はどんどん拡大していった。

退屈を持て余していた日常が、翔太兄弟を知ったことで一変した。

まず、可愛くて健気な翔太が、ちょろちょろと自分の周りをうろついているだけで癒される。

さらに役に立ちたいと一生懸命なその姿勢が、周囲に好ましい空気を作り出していた。

当初はただ、自分から引き離そうとする翔太兄に反発して、そうはさせるかとバイトを提案しただけだったのだが。

翔太を見ていると自然に笑みが浮かび、ぐりぐりしたい、猫可愛がりしたいという気持ちが湧いてくる。

「猫耳や尻尾がなくても可愛いからな、翔太は。翔太兄が大事に抱え込む気持ちはわかる」

そして翔太兄の亮司。

翔太の癒やしに対し、実は彼こそが、最近の宮内の元気の源だ。

打てば響くようなやり取りや、頭の回転の速さで会話を楽しめる。年は二つ下だが、同じように会社を経営しているだけあって、考え方や物事への取り組み方に共感を覚えることが実に多い。

時事問題が話題になっても、亮司なりの考えをしっかり持っているし、いち早くその状況を事業に生かせないかと感性を研ぎ澄ましている。

翔太がわからないという顔をすると、噛み砕いて説明するその内容も的確で、真に物事の本質を理解していることを示していた。

手応えのある相手だ。一度、翔太抜きで飲んでみたい。そんな気持ちを覚えてしまう。

もっとも誘っても応じないだろうし、万一応じても、亮司が本音を晒《さら》すとは思えなかった。彼はあくまでも、宮内が翔太にちょっかいをかけるのを阻止するために付き添ってくるだけなのだから。

そつがなくクールな雰囲気を持つくせに妙なところが抜けていて、からかうのを躱しきれず悔しがるその表情に嗜虐心を刺激される。特に翔太が絡むと思考が停止するのではないかと疑うほど、こちらの思い通りに動いてくれるから面白い。

つい感情を揺さぶるような悪戯を考えるようになる。

今では翔太を連れ回すというより、それをえさに亮司を誘い出している状態だ。

宮内にも兄がいるが、子供の頃からあまり仲はよくなかった。成人してからは望みもしない後継者争いに巻き込まれて、一触即発のときすらあった。

争いを嫌った宮内が早いうちに起業して家を出たから、表沙汰にならずに済んだのだ。

今では家絡みの行事のときしか顔を合わせないし、合わせても会話はない。それが男兄弟では普通だと思っていた。

そうした宮内の常識を、翔太兄弟は完全にぶち破ってくれたのだ。

物思いにふけっていると、

「もう少し仕事に身を入れてください」

と木村が、最新の業績データの書類を机の上に乗せる。

木村は当初、会社設立のための借金を父親からした際に、父親が派遣したお目付役だったが、業績が伸び借金を完済した頃、向こうを退職して宮内の秘書になってくれた。

宮内の発想が尖鋭すぎるときは、現実的な変更を加えて皆を説得する手腕に長けていて、助けられている。

「してるだろ？　ほら、ちゃんと業績も上がっている」

木村の差し出した書類にちらりと目をやって数字を確認してから、宮内は指摘した。

「でも、片手間じゃないですか」

「いいじゃないか、それでも黒字なんだから。俺が先頭を走って引っ張る時代は終わったんだよ」

「確かに安定期ではありますね。ネットストアへの参入希望数も相変わらず多いですし、ネット銀行やネット証券も順調ですから」

「だろ。基礎さえちゃんと構築してあれば、あとは自然に任せてもうまくいくんだよ」

宮内の言い分に苦笑しながら、木村は引き下がった。

「お仕事をちゃんとしてくださるなら、野暮は言いません。そういえば、松井君のお兄さんは女子社員に人気ですね。弟を大切にしているのがいいと噂になってますよ」

「ただのブラコンじゃないか」

促されて書類にサインしていた宮内がむっとして貶《けな》すと、木村が笑った。

「確かにバイトの面接に付き添ってこられたときはびっくりしました。そのあとも何度も迎えに来ておられましたし。でも家族の繋がりが薄れている昨今の風潮からすれば、微笑ましいことだと思いますよ」

という木村の述懐に宮内は眉を寄せた。

「それは俺への当てこすりか？」

「これは失礼しました。そんな意図はなかったのですが」

木村が申し訳なさそうな顔をした。当然ながら木村も、宮内とその兄の確執を知っている。その上でこちらに来てくれたのだから、ありがたい存在だ。

木村は宮内がサインした書類を引き取りながら、週末に迫ったスケジュールを確認した。

「お祖母《ばあ》様の法事に参加されるご意思は変わりませんか？」

「ああ、行く」

「ではくれぐれも言動には気をつけてくださいね。収まっている争いを蒸し返さないように」

「わかっている。いつまでも鬱陶《うっとう》しいことだな。こちらは祖母の菩提《ぼだい》を弔《とむら》いたいだけなのに」

「仕方ありません。世間は、あなたがあっさり宮内本家を放棄したことが理解できないのです。だから鵜《う》の目鷹の目で争いの萌芽《ほうが》を探ろうとする」

「疑いの目で見れば、なんだって怪しく映るさ。俺はそんな思惑に左右されるつもりはない」

「もちろんです。私もお止めするつもりはありませんでした。ただ、お気をつけくださいと申し上げただけです」

「わかっている」

書類を携《たずさ》えて出ていこうとした木村が、そうでした、と振り向いた。

「ネットストアに出店している店舗の一つが、サイバー攻撃を受けたようです。まだ口頭での報告だけなので、至急報告書を作らせます」

「被害は？」

「現在のところ確認されていません。ですが万一のために、セキュリティレベルを上げるように指示しました」

「何かわかったら知らせてくれ」

「はい」

木村が出ていったあとしばらくは、宮内もその情報を気にしていた。

ウイルスを送りつけられたり、フィッシング詐欺もあるし、ネットバンキングを狙う犯罪者もいる。インターネットは便利だが、万一のときの被害も広範囲に及んでしまうから怖い。

セキュリティは強化したと木村は言ったが、自分からも注意を促しておこう。

宮内はセキュリティ部門宛のメールを作成して送った。

週末には気の重い行事が待っている。可愛がってくれた祖母の法事に出席するだけなのに、痛くもない腹を探られるのは不本意だ。

といって、周囲の思惑に左右されて、自分の行動を控える気はない。

「勝手に噂でもなんでもしていればいい」

ふんと鼻を鳴らし、木村が確認しておいてくださいと置いていった、新規出店の申し込みに目を向けた。

◇◇◇

「おい、またおまえの個人的な調査にうちの者を使ったって？」

ファイルを手に桜庭が亮司の元にやってきた。

「ああそれ、持ってきてくれたのか」

「持ってきてくれたのかじゃないだろ。なんで公私混同するんだ」

「おまえが俺に仕事をどっさり寄越すせいで、忙しくて自分で動けなかったからだ」

詰め寄られたので言い返した。文句があるかと肩を聳やかしたら、桜庭は机の上に調査書のファイルをぽんと放り、大きくため息をつく。

桜庭の呆れ顔には頓着せず、亮司はさってくファイルを広げて見た。今度のは、宮内の趣味嗜好に特化した調査だ。

「宮内さんの好みを調べて何をするつもりなんだ？」

「堕《お》とすのに、好みを知らなければ対策の立てようがないだろ」

「おい、おまえまさか……」

さすがに言い淀んだ桜庭に、亮司はあっさりと頷いた。

「あいつの興味を、翔太から引き離して俺に向けさせるんだよ。以前おまえが言ったことが参考になった。翔太に言い寄ろうとする女の子を俺が排除していたというあれだ」

「馬鹿なことを考えるなよ……」

桜庭が、頭が痛いとこめかみを押さえる。

「どうしてだ。手っ取り早い方法だろう。奴が翔太を誘うのは、俺への嫌がらせだ。毎度毎度呼び出されて、仕事にも支障が出ている。だからこのあたりで決着をつけようと」

おまえを呼び出しているんじゃないだろうが、と桜庭が指摘する。

「勝手に邪魔しに行っているくせに。おまえが翔太を信じて自由にさせてやればいいことだ。翔太の『やりたいこと』を認めてやれよ」

一番の仲間で親友とも思っている桜庭の意外な言葉に、亮司はむっとして首を横に振った。

「駄目だ。里から出てまだ一年経っていない。翔太は世間知らずで騙されやすい。俺が見守っていてやらないと」

「だったら、いつなら許すんだ」

らしくもない低い声で聞かれて、亮司は虚を衝かれた顔で、桜庭を振り仰ぐ。

いつなら許す……？

桜庭の問いが、心の奥深くまで届いた。

いつなら自分は許すんだろう、とあらためて自問してみる。翔太を手許から旅立たせると考えただけで、深い喪失感が湧き起こった。これまでずっと大切に懐に抱え込んでいた存在なのだ。だが強いて言えば……。

「いつというか、それは翔太次第だな。俺があれこれ邪魔をして、それでもその相手を翔太が守ろう、庇おうとしたら、そこまでだ。認めるしかないだろう。ただしそれ以外の、無理強いする奴や、言葉巧みに翔太を誘惑する輩《やから》は、断固排除する」

言いながら、そう簡単には認めてやらないけどなと内心で呟く。大切な可愛い弟だから、ハードルは恐ろしく高いぞと。

だがそんな亮司の胸の内を知らない桜庭は、ほっとしたように息を吐いた。

「一応、ちゃんとした基準はあるわけだ」

「どういうことだ？」

聞き返すと、桜庭は「いや、まあ、ちょっとした誤解で」とごまかすように顔を撫でた。

「おいまさか……」

「さてっと、仕事が待っているから俺はこれで」

さりげなく撤退しようとした桜庭の肩を、素早く立ち上がった亮司が押さえる。

「逃げるな。何を誤解していたのか、話せ」

そう言って、冷ややかな目で桜庭を見据えた。しばらく圧力に耐えていた桜庭だが、喋るまでは納得しそうにない亮司を見て、しぶしぶ口を開く。

「おまえが、兄弟の枠を超えて翔太を愛しているのかと思ったんだよ」

「俺がなんだって？　確かに翔太を愛してはいるが……」

そこまで言ってようやく桜庭の言葉の真意を悟った。

「おまえ……っ」

言い止《さ》してあとは言葉にならず、自分より少し背の高い桜庭の襟元を締め上げ、揺さぶった。

「言うに事欠いて！　翔太は弟だぞ。そんな不埒《ふらち》な欲望を抱くわけがないだろうがっ。俺が翔太を想うのは、純粋な、混じりけのない、兄弟愛だ」

「……苦しい。だから誤解だったたって。悪かったよ」

「全く、なんという誤解をするんだ」

最後に大きく揺さぶってから突き放すと、桜庭はもう一度悪かったと言いながら、歪んだネクタイを締め直した。

「それだけおまえが翔太に執着しているように見えたんだよ」

「執着、は確かにしているかもしれないが、俺は翔太が可愛いだけだ」

その可愛がり方が度を超しているのは亮司も自覚しているが、それはいくら相棒でも桜庭にとやかく言われることではない。

「だから、すまん。ともかく、おまえの真意はわかった。そういうことなら、宮内さんを誘惑してみるといいさ。心を量ることにもなるだろう。ただ、あっちはそもそも男を相手にするのか？」

下手に出てきたので、亮司は桜庭を許すことにした。和解を申し出てきた桜庭をそれ以上責めるほど心は狭くない。手許の報告書を読みながら説明してやった。

「翔太に興味を持った時点で怪しいとは思っていたんだが、大学時代に男のセフレがいたようだ。どちらでもいけるタイプなんだろう」

桜庭はわかったと頷いた。

「もう口は出さない。好きなようにやってくれ。ただ、翔太が泣くようなことだけはしないでくれよ」

「なんで翔太が泣く？　また変な心配をするんだな」

桜庭は指を二本立てた。

「俺は翔太が泣く可能性を二つ思いつくな。一つは、あいつが宮内さんを好きだった場合。もう一つは大好きな兄貴を宮内さんに取られたと思った場合」

「……俺を宮内に取られる？」

「形の上ではそうなるだろ。方便にせよ、おまえは宮内さんの気を引き、付き合う形になるんだから。その場合、おまえが男とキスできるかどうかも問題になるが」

「あ……」

そこまで具体的にはイメージしていなかった亮司は、そうか、あの宮内とキスをして、それ以上もするかもしれないのかと今さらながら頭を捻《ひね》る。自分にできるだろうか。

「よく考えて行動してくれよ、頼むから。俺だって翔太とは長い付き合いだ。可愛いと思っている。たとえ兄のおまえでも、翔太を傷つけたら許さないぞ」

それだけ言って、変な誤解をして申し訳なかったともう一度謝ると、桜庭は部屋を出ていった。

パタンとドアが閉じられたあとで亮司は頭を掻きながら、手にしたままだった報告書を机の上に置く。

「俺自身のフィジカルな面はなんとでもなるとしても、翔太を守ろうとして傷つけたんじゃ、確かに本末転倒だな」

宮内が遊び半分で翔太にちょっかいを出すから遠ざけようとしているが、翔太はどうだろう。そういう意味で宮内を好きなのか。

ここしばらく、翔太が宮内に誘われるたびに駆けつけ邪魔をしてきた。好きだったのなら、翔太はそれを嫌がったはずだ。

そのときの状況をじっくり思い返して、いや、嫌がってはいなかったと結論づけた。

それどころか、亮司が同席することを翔太も喜んでいた。自分の雇い主と兄が仲良しなのが嬉しいと。

感情が素直に態度に表れる翔太だから、そこに嘘はないだろう。

だったら、兄を宮内に取られて泣くというのは？

こっちはわからない。様子を見ながら仕掛けていくしかないか。

「にしても、宮内にどうやってすり寄るか。ここまで翔太を挟んでさんざんやり合ってきたから、急にしな垂れかかるわけにはいかないしなあ。何かきっかけがいる。もう少し近くにいて隙を窺える立場が」

そんなことを考えながら、亮司があれこれ不自然でない近づき方を頭の中で模索していると、チャンスが向こうからやってきた。

「兄ちゃん、兄ちゃんの会社はインターネットのセキュリティも扱ってるの？」

突然思い詰めた顔で翔太がそんなことを言ってきたのだ。

「どうしたんだ？　おまえのバイト先のことか？」

顔を覗き込むようにして聞き返す。

「うん」

「いいよ、聞こう。話してごらん」

家に持ち帰っていた書類を置いて、亮司は翔太を手招きして仕事部屋に入れた。予備の椅子を引き寄せ、座るように促す。

「あのね、実はこの間からネットストア内の店舗がサイバー攻撃を受けてるようなんだ。今のところ専門の部署がなんとか防いでるけど、ストアの数が半端じゃないから次にどこが狙われるかわかんなくて、後手後手になってるんだって。このままじゃいずれセキュリティが崩壊しかねないって、会議で話してた」

「バイトのおまえもその会議に出たのか？」

疑問を呈したら、翔太は慌てて手を振って否定した。

「出ないよ、会議なんて。上の方の人たちが集まるからって会議室の準備を頼まれたんだ。机や椅子を運び込んだりして、そのあとお茶の支度も手伝って、そうしたら聞こえちゃったから」

うーん、と亮司は腕組みをする。

「それが宮内さんからの正式な依頼なら動けるけどなあ。攻撃を受けていることが公になるだけでもイメージダウンに繋がるから、今は内部で対処しているんだろうし。こうして兄ちゃんに喋っただけでも機密漏洩《ろうえい》になるんじゃないか？　兄ちゃんはあくまでも部外者だぞ」

「え？　そうなの？　わあ、どうしよう」

おたおたするから、笑って抱き寄せた。

「大丈夫だ。兄ちゃんが誰にも喋らなければ何も起こらない」

「そうなんだ、よかった」

ほっとする翔太に微笑みながら、亮司はすぐに表情を引き締めた。

「けど、それはかなりやっかいだな」

「うん。宮内さんが具体的な対抗策を出せって怒っていたよ」

誰だって、自分の個人情報が漏れるのは怖い。攻撃を受けていて、いつ情報が漏れるかわからないようなサイトを訪問するなんてお断りだ。だから今翔太が言った情報が外部に漏れたら、ネットストアはやばいことになる。訪れるユーザーが減れば打撃を受けるだろうし。

「あそこはネット銀行やネット証券も系列に持っていたな」

「あ、うん」

「だったら本当の狙いはそちらかもしれないぞ」

「ええ!?　そんなことになったら大変だよ、兄ちゃん、どうにかならないの？」

こちらの腕を揺すりながら訴える翔太の頭を撫でながら亮司は、これは宮内の懐に潜り込むチャンスかもしれないと考えていた。

「そうだな。取りあえず、連絡を取ってみるか」

亮司が携帯を取り出すと、翔太の顔がぱっと輝いた。やっぱり兄ちゃんは頼りになる、と小さな声で呟いているのが聞こえ、誇らしい気分になる。いつまでも翔太の頼れる兄貴でいたいものだ。

電話の向こうで宮内は、亮司が知っていることに苦笑していたが、心配していたように翔太を咎めることはなく、密談ができる料亭を指定してきた。

宮内の会社では、亮司は翔太の兄として知られている。普通に訪問しても怪しまれることはないだろうが、念のため別の場所で密かに会うことにしたのだ。

連絡を終えた亮司はもう寝るように翔太に言い、自分は残っていた仕事を片づける。

「俺が直接扱うと言ったら、また桜庭がうるさいかな。それとも先日の会話のあとだから、協力してくれるか」

いずれにしろ詳細が決まるまで黙っておく方が無難だろう、と姑息《こそく》な手段を取ることにした。

翌日亮司は、約束の時間より少し早く、指定された料亭に向かう。タクシーで到着すると翔太だけ先に中に入るように促し、自分は周辺地理を頭に入れるためにぐるりと歩いて回った。

亮司は、何が起きてもすぐ対策が取れるように準備しておく主義だ。そこかしこにある建物の特徴や死角になりそうな場所を記憶に刻み、道がどう繋がっているかも実際に歩いて確認する。

それだけ確かめたあとで物陰で待機していると、やがて宮内がタクシーでやってきた。

宮内が中に入ったのを確認すると、亮司は鋭い聴覚と嗅覚で、店の周囲に異常がないことを再度確かめてから、ようやく店内に入った。

会社がサイバー攻撃を受けているからと言って、目的がそちらだとは限らない。ネットでの攻撃に注意を引きつけておいて、実際は宮内自身を狙っている可能性もあるのだ。

仕事にかかったとき亮司はあらゆる可能性を、たとえそれが荒唐無稽《こうとうむけい》に思えることでも除外しないようにしている。そしてその中から状況に応じて、少しずつ真実を見極めていくのだ。

宮内の名を出すと、すぐに雅趣溢れる日本庭園に面した和室に案内された。向かい合って座っていた翔太が、ほっとしたように顔を上げる。

「兄ちゃん、何してたんだよ。遅いよ」

翔太はどうやら会社の極秘事項を、兄とはいえ社外の人間に話してしまったことが後ろめたかったらしい。

律儀に気にしている翔太が微笑ましい。

宮内もそう感じているのか、口許を緩めて翔太を見ていた。そんな宮内にクギを刺すように、やらないぞと睨みをくれる。

「適当に注文して、全部一緒に持ってきてくれと頼んである。話をするには途中で邪魔が入らない方がいいからな」

睨む亮司に苦笑しながら宮内が言った。

「それでけっこうです」

頷いて、亮司は翔太の隣に座った。

料理が来るまで差し障りのない話をして場を繋ぐ。

やがて次々に料理が運ばれてきた。先付、八寸、御造り、炊合せ等々、いつもなら食事の進み具合を見ながら運ばれてくる懐石料理が、ずらりとテーブルに並んだ。

翔太は「すごい」と目を輝かせている。

店員が「ごゆっくりどうぞ」と言って下がってから、宮内が翔太を見た。

「遠慮しないで、どんどん食べなさい。その間に俺は君の兄ちゃんと話すから」

「ええ？　全部食べちゃってもいいの？　兄ちゃんのや、宮内さんのも？」

「いいとも、食べすぎないようにね」

「こら、まず自分の分を……」

宮内が肯定し、亮司が窘めたときには、翔太はいただきますと手を合わせ、最初の料理に箸を伸ばしていた。

「うまっ」

と感嘆の声を上げるのを聞きながら、思わず笑ってしまう。翔太なりに邪魔をするまいと気遣ったのか。いや、ただ食べたかっただけかもしれないが。

笑って弟の食べっぷりを見たあとで、亮司は表情を引き締めた。

「まず、翔太を責めないでやってください。これはこれなりに、会社のこととあなたのことを心配したのですから」

「わかっている。実は翔太が動かなくても、こちらから依頼しようと考えていた」

「そうなんですか？」

「わざわざ新規に探す必要はないだろう？　評判のいい会社を知っているのだから」

「それは、ありがとうございます」

宮内はビジネスバッグから書類ケースを取り出すと、亮司に渡した。

「最初に断っておく。翔太がどのように伝えたかは知らないが、今のところまだ事態はそれほど深刻ではないと俺は考えている。こちらのセキュリティ部門も、優秀な人間を集めて対処しているからな」

そこで言葉を切って、宮内は真っ直ぐに亮司を見た。そこには会社を立ち上げ築き上げてきた経営者としての自負が表に出ていた。同じ立場であれば自分も部下を信頼する、と亮司は頷いた。

「だが、いつ事が大きくなるか、誰にもわからない。だから傷が浅い今のうちに早急に収束させたい。君にしてほしいのは、これがハッカーの自己顕示欲から来るただの悪戯なのか、あるいは悪質なクラッカーがネット銀行やネット証券を狙ってやっているのかどうか。そして、完全に外からの攻撃なのか、もしくは内部に手引きする者がいるのか。それらを調べることだ」

「生身のあなたを狙ってくるかもしれないとは考えましたか？」

「俺？」

指摘すると宮内は驚いたようだった。

「恨みという筋もありますよ。もしあなた自身に恨みがある場合、心身両面で痛めつけたいでしょう。仕事で損害を与え、あなた自身を襲って傷つける」

「俺を狙うほど恨む奴がいるかなあ」

首を傾げる宮内の目にさっと暗い影が掠めた。ん？　と思った時には消えていたが、亮司は見逃さなかった。

何かありそうだとの疑いは胸の中にしまっておき、今は理由もなくただの憂さ晴らしで人を傷つける者もいる時代だと淡々と告げる。宮内は確かにそうだなと頷いたが、差し当たり自分のことはいいと退けた。

「何かそれらしい兆候が出てきたときに考えよう」

反論したかったが、ここは抑えた。必要になったときに再度提案すればいい。

「詳しい現在の状況はそれに書いてあるが、攻撃を受けたショップのログデータを精査すると、幾つものプロバイダーを経由して最後は海外のプロバイダーになっていた」

「よくあるやり方ですね。これはお預かりします。持ち帰って、チームを組むのに参考にさせていただきます。セキュリティ関係は、御社内でも調査を継続されるということですね？」

「ああ」

「ですが手がかりはそこにあるので、うちの人間にも関わらせてほしいのですが」

「とすると、しばらく我が社へ常駐することになるのか？」

「はい。データを拝見することと社内の方への面接は必須です」

「その場合は君が来てくれるのか？」

「俺、ですか？　ネットセキュリティは専門ではないので、その部署の者にあたらせないと。それ以外の調査は可能ですが。ただ、俺は今、現場には出ていないので」

仕事モードで打ち合わせしていたので、正直にそう告げてからしまったと思った。自分が出向くつもりでいたのに、これでは断っているも同然ではないか。

「現場には出ていない？　だがこの間は、出てもいいようなことを言っていたじゃないか」

「そ、そうですね。自分が出た方がいいと判断した場合、出ることはあります」

うまい具合に宮内の方から振ってくれたので、急いで肯定しておいた。

「だったら、そうしてくれないか。こちらとしても顔馴染みの君の方があれこれ言いやすい」

頷こうとして亮司は、待てよと思い止まった。こちらとしては思惑があるから自分が担当しようと考えたわけだが、宮内にはどんなメリットがある？　本当に顔馴染みだからいいと思っているのか。そんな単純なことか？

宮内にとっての自分は、翔太との間を邪魔するお邪魔虫だったはず。それとも仕事なら、そんなことは関係ないのか。

相手の意図がわからなければ、はいとは言えない。仕事は引き受けるにしても、自分が宮内の会社に常駐することの損得をよく考えなければ。

会話は探り合いの様相を呈してきた。

「ちょっと今は、俺自身の仕事が混み合っているので難しいかと」

「客先の希望が一番だろう？　俺は君がいい。なんとか調整してくれないか」

「ですが、しばらく現場を離れていた今の俺より相応《ふさわ》しい人間がいるのではと……」

その探り合いを、翔太が断ち切った。

「ねえ、それって仕事の話？　君がいいとか、俺より相応しいとか。まるで口説いているみたいだよ」

絶句、というのはこんなときに使うのだろう。確かに口説いていると聞こえなくもないやり取りだが。

ちらりと宮内を見ると、あちらも唖然とした顔をしていて、翔太は本気でそう言っているのかと目で尋ねてきた。亮司は頷く。その無言のやり取りを見た翔太がまた、口を尖らせた。

「ほら、二人だけでわかり合っているし。オレ、つまんない。一人で食べてもおいしくないし。まだ話は終わんないの？」

ようやく気を取り直した宮内がここぞとばかり捲《まく》し立てる。

「いや、終わっている。兄ちゃんが担当してくれることで、話はついた。それはそれとして、俺が翔太の兄ちゃんを口説いているという誤解はやめてくれ。だいたい俺が翔太と二人で何かしようとすると、必ず兄ちゃんに邪魔されている気がするんだが」

大げさに宮内が腕を広げて、翔太に思い出してみろとアピールする。そう言われると翔太は、素直に記憶を辿り始めた。

宮内がふふんという顔を向けてくる。

まずい。邪魔をするために同席していたと認識されるのは困る。

だが、待てよ。これは一気に事態をひっくり返すチャンスなのかもしれない。

亮司の口許が、宮内に対抗するようににやりと笑う。宮内が眉を上げた。何をする気だと目で聞いてくる。

それに、見てろよ、と挑戦的な眼差しで応えた亮司は、その時点で、翔太が指摘したように、天敵のはずの宮内とアイコンタクトができるほど馴染んでいることに気がついていなかった。

亮司は翔太の肩に手を置き、注意をこちらに向けさせる。

「ごめんな、翔太。俺はおまえを利用させてもらったんだ。ほんと、悪かったと思ってる」

「利用、した？」

「ああ。兄ちゃんは宮内さんが好きなんだ。だからおまえにかこつけて会いに来ていた」

「えええぇぇ！」

翔太が驚愕の声を上げたのは当然で、ちらりと見た宮内も、してやったりという顔から一転、かくんと顎が落ちたまま固まっていた。

精悍な顔が台無しだ。ふん、いい気味だと思いながら、翔太に畳みかける。

「翔太のことは今まで通り大切に思っている。だが宮内さんにはそれとは違う、恋愛感情を持っているんだ。わかってくれないか」

「恋愛、感情……」

繰り返してようやくその言葉を理解したのだろう。わっといきなり声を上げた翔太が、両手で頬を押さえた。その頬がうっすら赤くなっている。

「兄ちゃんが、宮内さんを……。うわあ、どうしよう……って、あれ？　男同士だよ？」

「だからだよ。言えなかったんだ」

できるだけ悄然とした表情を取り繕う。素直な翔太の気持ちを思い通りに動かすなんてお手のものだ。だが早くしないと、気を取り直した宮内から邪魔が入る。

「兄ちゃん……。そうだったんだ」

翔太が手を伸ばして亮司の手を取り、しっかり握り締めた。

「わかった。オレ、応援する。可愛い女の子と結婚して、ちゃんと家を継ぐから、兄ちゃんは自由にしていいよ」

「は……？　えっと、翔太、ありがとう……？」

いきなり結婚だの家を継ぐだのに発想がぶっ飛ぶのが、翔太らしくて笑える。

だが真摯《しんし》な気持ちでこちらを気遣ってくれているのはわかるから、少しばかり後ろめたさを覚えながら礼を言った。桜庭が気にしていた、兄を取られて泣くというのは杞憂《きゆう》だったらしいと、おかしさを堪えた、ややくぐもった声でだったが。

するとそれをどう勘違いしたのか、翔太がいきなりがばっと抱きついてきた。

「兄ちゃん、幸せになってね。誰がなんと言っても、絶対、オレ、応援するから」

「翔太」

条件反射でぎゅっと翔太を抱き締め、ああ、やはりこの温もりは放しがたい、なんとしても手許にとどめておきたいとしみじみ思う。

こほん、と咳払いが聞こえた。驚愕で固まっていた宮内が復活したらしい。

もう少しフリーズしたままでいればいいのに、と振り向いて宮内を睨みつけた。相手はもう完全に自分を取り戻していて、面白そうに目を瞬《またた》かせている。

翔太も宮内の存在を思い出したようで、恥ずかしそうに亮司の胸を押しやる。

せっかくの温もりを手放すのは残念だが、仕方がない。

「なんと言ったらいいか、麗しい兄弟愛だな。だが少しは俺の意思も考慮してもらわないと」

翔太がきょとんと宮内を見る。

「宮内さんの意思？　兄ちゃんのことが好きなんでしょ？　それとも嫌いなの？」

「いやまあ、好きか嫌いかと言われたら、嫌いじゃないが……」

「嫌いじゃない？　何、その言い方。オレの兄ちゃんだよ。かっこよくて頭もよくて仕事もできるパーフェクトな兄ちゃんの、何が不満なんだよ」

宮内の曖昧《あいまい》な言い方にかちんときたのか、翔太がブラコン丸出しで言い募った。宮内がひくりと喉を鳴らす。噴き出すのをなんとか堪えたようだ。聞いていた亮司もさすがに面映《おもは》ゆい。

「いやいや、不満はないよ、ないとも」

そう言いながら、宮内はにんまりと笑って亮司を流し見る。嫌な感じだと思ったら案の定、余計な方に話をずらしていってくれた。

「翔太は相手が俺でも祝福してくれるんだな」

「もちろんだよ。あ、でも、大事な兄ちゃんなんだから大切にしてくれないと、いくら宮内さんでも許さないよ」

待て待て、どこへ話が向かうんだと亮司は内心で困惑する。

「それは、怖いな。だったら翔太は、俺と兄ちゃんがデートするのについてきて、大事にしているかどうか見届けなくちゃ……っ」

亮司がそのとき腰を浮かし大きく身体を乖り出して宮内の唇を塞いだのは、苛立ちから来る衝動だった。こちらの爆弾発言をねじ曲げて、さらに翔太を自分の思い通りに動かそうとする男に対しての。

至近距離で驚愕に見開かれた宮内の目。背後から聞こえる翔太の「兄ちゃん……」という掠れ声。どちらにも、奇妙な満足感を覚えた。

こちらからキスを仕掛けたからには、絶対に堕とす。

宮内が抵抗できないように、しっかりと頭を抱え込み、首筋の急所を押さえて動きを封じる。押し当てた唇を物憂げに動かして、僅かに覗かせた舌で相手の唇を嘗《な》める。

宮内が振り解こうと首を振る寸前に、普段は皮膚の下に収まっている鋭い獣の爪を出して、ちくりと先端をあて、突き刺すぞと威嚇《いかく》する。

意図を察して表情を強ばらせた宮内が、次の瞬間開き直ったように身体の力を抜いてきた。そして自分からも顔を寄せ、より深いキスに誘ってきたのだ。

仄かなコロンに紛れるだけだった宮内の体臭が、いきなり濃くなった。噎《む》せ返るようなフェロモンにくらくらする。

ぬるりと相手の舌が入ってきた。やる気だなと思うと、さらに闘争心が湧いてくる。元々仕掛けたのはこちらだ。主導権を取られてなるものかと、伸ばされた舌を軽く噛んで刺激してやる。

喉奥で、息を呑んだ宮内の反応に気をよくし、引っ込めようとした舌を自分のそれに絡めて強く吸う。相手の口角が上がったのを感じた。

なかなかやると言いたそうなその仕草に、満足感を覚える。

そのままディープなキスを繰り返し、宮内に負けない舌技を駆使して呻《うめ》き声を上げさせた。

しかし同時にこちらの身体も熱を帯び始めし、頭の奥で黄信号が灯る。

やばいと身体を引こうとしたのに、動きを察した宮内に先手を取られ、逆に頭を押さえられた。

くそっ、力勝負になれば敵わない。身長はさほど変わらなくても身体の厚みが違う。といって本当に爪で急所を攻撃することもできず、どうしたものかと迷っている間も、やばい兆候は続いていた。

宮内はキスがうまい。歯列を嘗められ、頬の内側や顎の裏側を、絶妙な強さで操られる。気持ちがよくて、油断するとトロンと理性が溶けてしまいそうになる。

自分も決して下手ではないと思うが、宮内は確実にその上を行く。これだけの高等テクニックを習得するには、どれだけの相手と関係を持ったのか。

俺は、見境なく食い散らかす方ではなかったから経験不足を恥じることはない、と頭の中で呟いても今はただの負け惜しみだ。

猫耳が出てくるあたりがむずむずし始める。まずい。こんなところで出すわけにはいかない。それなのに、尾骨のあたりにも覚えのある熱がこもり始めた。尻尾が飛び出しそうだ。駄目だ、抑えろ！　と思った次の瞬間、ぞくっと快感が走り抜け、理性が飛んだ。

やばい！　冷や汗が浮かび直《ただ》ちに気持ちを引き締めたのだが……、一瞬だが出た気がする。

見られたか？

薄目を開けて宮内の様子を窺った。至近距離に相手の精悍な顔がある。どくんと心臓が跳ねた。

いやいや、これは彼が瞼《まぶた》を伏せてキスに没頭しているように見えたことで、安心したからだ。そうに決まっている。

それにしてもいい加減に終わらせなくては。股間も硬くなりかけている。こちらも悟られるのはまずい。宮内から逃げるために、鋭い獣の爪を使おうとしたときだ。

翔太がうしろを向いて耳をふさいでいるのが視界に入った。力を込めて宮内を引き剥がす。

「何うしろ向いてんだ」

「デリカシーだよ！　兄ちゃんわかってないな。ぼくにだってそれくらいの配慮はあるんだからね」

どうやら翔太にも耳や尻尾は見られないで済んだようだ。

「はあ……、大人のキスって、興奮するなあ」

返答のしようもない感想を告げられて、翔太の頭を軽く小突いた。

「悪い。おまえにはまだ早かったな」

「ううん。相思相愛のところを見せてもらえてよかったよ。ようし、オレも頑張って彼女を探そう。兄ちゃんたちが安心して付き合えるように」

頬を紅潮させながらぎゅっと拳を握る翔太に苦笑しながら、亮司は釘を刺しておく。

「焦るな。焦って探せばろくなことにならない。彼女なんてものは、ある日突然できてしまうものだ」

「ふうん、そんなもんなの？　わかった。焦らずに自然に任せて、でもできるだけ早く見つかるといいな」

いつまでもできなければいいと思いながら、亮司は翔太の頭を撫でた。

そしてそのやり取りの間、口を挟まなかった宮内に視線を向ける。こんな会話には茶々を入れてきそうなものだが。

宮内はこちらを見ながら、不可解な薄笑いを浮かべていた。何を考えているのか読めない。何を考えているんだと宮内の笑みを浮かべた口許を凝視して、それが濡れているのに気がついた。自分が濡らしたからだ。

腹の中がかっと熱くなる。

こちらの動揺を見て取ったのだろう、宮内が思わせぶりに親指で濡れた口許をなぞった。目を背けたくなる気持ちを無理に押しとどめ、亮司はそれが何か？　と平静を装ってみせる。凝視に凝視を返し緊張が高まりかけたとき、また翔太がふわりと気配を緩めた。

「あ、また見つめ合っている。もう恥ずかしいなあ」

頬を押さえて小首を傾げる様子に毒気を抜かれた。亮司が苦笑すると、宮内も緊張を解いて翔太をからかう。

「お子ちゃまだな、翔太は。ドラマや映画のキスシーンで真っ赤になる質《たち》か」

「そんなんじゃないよ。オレだってキスしたことくらいあるんだからね」

ムキになって言い返したせいで言葉巧みに宮内に問い質《ただ》され、それが女の子と一瞬唇を合わせるだけの他愛ないものだと暴かれてしまった。

「いいじゃないか、今はまだお子ちゃまでも。そのうち嫌でも大人になる」

からかわれてむくれた翔太を慰める。

兄の言葉で機嫌を直した翔太を中心に、そのあとは並んだ料理を食べる食事会と化した。

先にあれこれ味わった翔太が、あれがおいしい、これがおいしいと勧めるものに亮司は率先して箸を伸ばす。

「ね、おいしいだろ」

同意を求める翔太に、おいしいなと返した。

翔太のおかげで表面上は和気藹々と過ごし、帰る間際にどちらが支払うかでちょっと揉めた。

結局は誘ったのはこちらだからと宮内が強引に支払いを済ませ、店の外に出たときだ。

いきなり車のライトがぱっと三人を照らし、急発進して猛スピードで迫ってくるのが目に入った。反射的に亮司の身体が動く。

宮内と翔太を突き飛ばし、自分は隣の建物とのほんの僅かな隙間に身を寄せた。店に着いたあと、周囲を見回っていたことが役に立った。

見送りに出た店の者たちの悲鳴が聞こえる。

ぎりぎりのところを掠めて走り去った車は、そのまま角を曲がって見えなくなった。

危機が去ると同時に道路に飛び出してナンバーを見ようとした亮司だったが、ナンバープレートにはカバーがかけられていた。

「翔太、運転手見たか！」

「ごめん、見てない」

テールランプを睨みながら叫んだ亮司に、翔太が答えた。残念だ。もしかしてと期待した宮内も、

「見ていない、すまん」

咄嗟のことで、誰もナンバーを記憶に止めていなかった。仕方がない。

吐息を零し、宮内と翔太の傍に駆け寄った。

宮内は地面に腰を下ろし、翔太を抱え込んでいた。亮司に突き飛ばされながら、反射的に庇

おうと動いたらしい。

ほっと胸を撫で下ろすと同時に、宮内を見直していた。自分が危ないときに他者を庇うなど、なかなかできることではない。

手を差し出して翔太を立たせ、宮内にも手を伸ばした。いらないと断わられるかと思ったら、宮内は差し出した手をわざとぎゅっと握り締めてきた。

引っ張られて宮内の方に引き寄せられそうになり、足を踏ん張る。何を遊んでいると睨むと、肩を竦めた宮内が仕方なさそうに立ち上がった。

店の女将《おかみ》が、警察を呼びましょうかと震える声で問いかけてきた。目撃した店の者たちも、狙ってきたに違いないとか、間一髪だったしか、口々に話している。

どうするかの判断を、亮司は宮内に任せた。肝は冷やしたが、怪我はなく実害もない。服が汚れたくらいだ。

今の時点では狙われたかどうかもはっきりしないのに警察を呼ぶと、いろいろと痛くもない腹を探られることになりかねない。

特に今、宮内の会社はサイバー攻撃を受けている最中だ。社内で事を収めようとしているときに、外部からの余計な注目は避けたいところだろう。

「警察は呼ばない。誰も怪我はしていないので大丈夫だ」

宮内がきっぱり言った。店側も騒ぎにはしたくなかったのだろう。宮内の判断を受け入れて、ほっとしたように引き下がった。

店が呼んでくれた二台のタクシーに別れて乗り込むとき、宮内が振り向いた。

「明日、会社で待ってる」

亮司はわかったと頷く。

タクシーの中で、翔太が無意識にぴたっと寄り添ってきた。ときおりまだ身体が震えている。亮司が翔太の肩を抱くと、安心したようにほっと息を吐いた。

マンションに帰り着いても、翔太は亮司の側を離れなかった。亮司がコーヒーを淹れる間も傍で見ていたし、ソファに腰を下ろすとぴったりくっついて座った。

「兄ちゃん、さっきのあれ、狙ってきたんだよね」

小さな声で、翔太が尋ねてきた。亮司は肩を抱いたのとは反対側の手で、翔太の髪の毛を撫でてやる。

「そう見えたが、まだわからない。調べてみないとな。それに……」

言っていいかどうか逡巡《しゅんじゅん》して、隠すことでもないと告げておくことにした。

「運転手はおそらくプロのドライバーだ。あのまま立っていてもきっと危険はなかった」

「狙ったんじゃないってこと?」

「いや、狙ったのは確かだが、傷つける意図はなかったということだ」

翔太はよくわからないというように首を傾げた。

「でも怖かったよ？」

「ああ、兄ちゃんもだ。無事に済んだ今だから思うことで」

あのときは跳ね飛ばされるかも、と覚悟した。

「兄ちゃん、現場に出る？」

「翔太が巻き込まれる危険があるとわかれば、人任せにはできないからな」

「またまた。宮内さんが恋人だから乗り出すんだろ」

わざと話を逸らしていくのは、翔太の不安が強いからだ。亮司は弟のおでこをピンと弾いた。

「兄ちゃんをからかうなんて、百年早い」

そう言ったあと、翔太に思い込ませた嘘に沿った返事をしておく。

「それも、あるけどな」

「兄ちゃん、言うなあ」

「おまえが言わせたくせに」

くすくすと兄弟で笑い合った。コーヒーを飲みながら他愛ないことを話しているうちに、ようやく翔太の恐怖も薄らいできたようだ。

「なんかオレ、車に縁があるね。宮内さんと知り合ったときもぶつかりかけたし」

「こら、状況は違うだろ。あのときは完全におまえが悪くて、迷惑をかけたんだろうが」

「そうだけど……。あ、今度は耳も尻尾も出なかったよ。少しは成長したのかな」

翔太が見上げてきた。そういえば確かにと、亮司は翔太を見て微笑む。

「よし、褒めてやろう」

わざと乱暴に頭を撫でてやると、翔太はえへへと嬉しそうに笑った。

「そろそろ風呂入って寝ろ」

「うん。明日は昼も会えるんだね」

「会えても仕事中だぞ」

釘を刺すと、それくらいわかっているよと翔太は拗ねた。

翔太が寝たあとで、亮司は宮内から渡された書類に目を通す。

ネットのセキュリティに関しては、熟知しているとは言えない。原理は理解しているが、幾つものプロバイダーを経由して海外へ繋がっているものを追跡するとなるともうお手上げだ。

「やっぱりこっちも、チーム内に詳しい者を入れておかなければならないな」

宮内の会社のセキュリティ部門がどの程度のものかは知らないが、別の角度から見れば違った様相が浮かび出てくるかもしれない。

それにしてもさっきの車は、いったいなんの意図があったのだろう。ナンバーを確認できなかったのが残念だ。

警察に届ければ、近くの防犯カメラの情報から割り出してくれるかもしれないが、こちらは公にしたくない社内事情を抱えている。難しい判断だった。

ともかく明日。出社して桜庭と相談し、それから宮内の会社へ向かうことにしよう。

シャワーを浴びベッドに横になったときに、いきなり宮内とキスしたシーンが蘇ってきた。気が緩んだせいだ。

「……っ」

思わず寝返りを打って、記憶を消去しようと焦る。無意識に唇をごしごしと擦《こす》っていて、はっとして手を下ろした。考えるなと言い聞かせるのに、生々しい場面ばかりが脳裏に浮かぶ。

肉厚の舌のいやらしさ、自在にこちらを翻弄《ほんろう》してきたこと。口腔《こうこう》内に思った以上の快感のツボがあって、容赦なく感じさせられ追い詰められた。一瞬だが猫耳や尻尾が出たなんて、なんという不覚だ。宮内が気づいてなさそうだからよかったものの、二度とあんなことにならないように注意しなくては。

「考えるな。寝るんだ」

自分に暗示をかけるように、ゆっくりと呼吸しているうちに、ようやく眠りに落ちることができた。

翌日出社して、桜庭に依頼を受けたこと、自分が出向くことを話すと、案の定一悶着《ひともんちゃく》あった。それを押し切って、桜庭を無理やり代表代行に任命する。

もともと代表なんて、自分の柄ではないと思っていた。ただ桜庭が表に出るのを嫌い、自分はそうでもなかったから仕方なく引き受けただけで。

けれども実際にやってみると、大変な中にもやりがいがあり、思うまま会社を動かすことに楽しみも見出せた。一つだけ残念だったのが、経営に専念するために現場の空気から遠ざかってしまったことだ。

その現場に復帰する。久々の感触に胸がわくわくした。

そんな亮司を見た桜庭は、一時的には仕方ないと諦めたようだ。

「頼むから早く解決して帰ってきてくれ」

そう言って、亮司を送り出した。

◇◇◇

確かに見た、と宮内は記憶を反芻《はんすう》する。キスを続けて快感を覚えたとき、気持ちよくて不覚にもとろりと意識を持っていかれそうになりながら、なんとか踏み止まって相手の様子を窺った。薄く目を開けたその前で、松井亮司の頭にほんの一瞬だけ耳が現れた。

残念なことに、見たと思った次の瞬間には消えてしまったが。

それでも記憶は残っている。翔太のそれは家猫の可愛らしい印象だったが、兄のものは鋭く尖っていて、しなやかで獰猛《どうもう》な山猫を彷彿とさせた。

うん、確かに彼のイメージだ。

もっとじっくり見たいものだとの思いを、取り敢えず脇に置く。お楽しみはあとになるほど喜びが増すものだから。

それよりも今は……。

宮内は眉間に皺《しわ》を寄せ、車に狙われたときのことを脳裏に蘇らせた。

ぎりぎりで鮮やかに躱して逃げていったテクニックは、プロのそれを思わせる。おそらく、本気で傷つける気はなかったのだろう。考えられるのは警告。たぶん、兄の。

元々あまり仲のよくない兄弟だった。しかも実力が伯仲《はくちゅう》していたから、次期総帥にはどちらが相応しいかと、水面下で互いの支持者たちが暗闘を繰り広げていた。

それが嫌で、あっさり家を出たのが宮内だ。

父親は最初、有能な宮内を手放すことに難色を示していたが、途中で、グループに内紛が生じることの方がまずいと考えたようだ。宮内が新しい会社を興すことを認め、資金を用立ててくれた。

それで全て片づいたと考えていたのに。

先日行なわれた祖母の法事に出席したことが、いらぬ憶測を呼んだのだろう。

宮内はただ、可愛がってくれた祖母に敬意を表したいだけだったのだが、本家に復帰するために様子を窺いに来たと受け取った者がいた。兄もそうだったのだろう。

有能な人だが、猜疑心《さいぎしん》が強く一度疑い始めるとしつこい。過激な警告くらい平気で仕掛けてくる。

今まで考えもしなかったが、ひょっとすると、問題になっているサイバー攻撃の根っこもそちらにあるのか？

そう思いついて、すぐに違うと首を振った。兄はそこまで馬鹿ではない。

たとえば宮内の会社を攻撃して万一倒産という事態にでもなったら、今度は本家の資産を狙ってくるに違いない、それよりは外で勝手にやっていろと考えるはずだ。従って、会社自体への攻撃はしてこないだろう。

直接兄に会って、復帰する意思がないことを明言しておく必要があった。お互い不可侵を貫く限り、本家には戻らないと。信じるかどうかは別として、宮内が態度を明らかにすれば、攻撃は止む。

ただしこちらの力が弱いと見ればかさにかかって攻めてくる相手だから、手出しはできない、力はあると思わせておく必要があった。

そもそも、自分たちのことに関係のない第三者を巻き込んだことが許せない。一歩間違えば、大怪我をしたかもしれないのだ。怒っていることが伝わるように、目に見える形での報復を！

最善策は、兄の支配する子会社の株をいくらか手に入れて、発言権を獲得することだろう。それが兄への一番の打撃になるはず。

翔太らと別れて帰宅する途中、そして帰宅してからも、宮内はそんなことを考え続け、心底うんざりした。

それよりもっと楽しいこと、そう、今日初めてキスを交した相手のことでも考えていた方が、ずっとましだ。

宮内は指で唇を撫でて、にやりと笑う。

料亭での亮司の行動はある意味わかりやすく、そうされることを予期していなかった自分が迂闊だった。

翔太から自分を遠ざけるには、あれが最適な手段だろう。きっと過去にもこうして邪魔な虫を追い払ったことがあるに違いない。

おそらくこの先翔太を誘っても、兄ちゃんが優先、と承知してくれないだろう。翔太は可愛い。傍に置いて、愛でて弄《いじ》って構いたいという気持ちを掻き立てられる。最初に猫耳尻尾姿を見たせいで、より可愛さが印象づけられたのだろう。

とはいえ、具体的に抱きたいとか、そういう欲は持たなかった。翔太自身がそちら方面に成熟していないせいもあったのだろう。

それに対して翔太兄は、なかなかの食わせものだ。翔太の猫耳と尻尾は家猫のようで可愛さの象徴だったが、兄の方は獰猛さを彷彿とさせる姿だった。スマートでしなやかな体躯《たいく》を持つ凶暴なハンター。一瞬だけしか見ることができなかったのが、つくづく惜しい。心ゆくまで愛でたい。

だがあの兄が、そう簡単に油断した姿を曝すことはないだろう。残念だ。

また指で唇を撫でていたことに気がついて、宮内は意識して手を下ろした。

あれほど濃厚なキスを味わったことは、近年覚えがない。ねっとりと嬲《なぶ》ってきた舌は、挑戦的で官能的で、いやらしかった。艶《なま》めかしく擦り寄られて、扇情的な眼差しにも煽《あお》られた。

キス自体も気持ちよくて、危うく勃《た》ちかけたほどだ。

やられっぱなしは沽券《こけん》に関わるから逆襲してやったが、相手の口腔を占拠していながら、こちらがいいように嬲られているという感覚が、最後まで抜けなかった。本気で没頭させられていたのだ。

もしあそこで翔太の邪魔が入らなければ、どこまでエスカレートしていたかわからない。

これはさすがに、相性がよかったというだけでは説明がつかないことくらい、宮内も自覚している。だてに数々のラブアフェアを楽しんできたわけではないのだ。

次に亮司がどう出てくるかが楽しみで、どうやってその裏をかくかと考えるのがさらに楽しみで。

対等な相手との駆け引きめいたやり取りに、これまでになく気持ちが高揚している。惹《ひ》かれているのだろう、と思う。

少なくとも、中途半端に中断したあのキスの続きがしたいと思う程度には。

最後まで続けたら、どれほどの悦楽を味わえたか。

なんとしてももう一度、あの唇をじっくり味わうぞと心中深く決意する。

軽く頭を振って、現状の危機に頭を振り向ける。

翌日、実兄と連絡をつけるために、宮内は朝一番で木村を呼んだ。

宮内自身には兄と連絡する方法がない。携帯の番号は知らないし、実家に電話しても兄は出ないだろう。会社への電話は論外だ。大騒ぎになるに決まっている。

呼び出した木村に、何者かの車に狙われたことを告げた。

「狙われたんですかっ」

木村の声が上擦《うわず》り、青ざめる。

「……法事に行かれたからですか？」

「と思う。だが、木村さんに忠告されたように、ずっとおとなしくしていたんだがなあ。挑発には乗らなかったし、そもそも会話自体、父と少ししただけだ」

「それでもお兄さんには、脅威に見えたのでしょうね。わかりました。面談場所を設定しましょう。あなたの口からはっきり言えば、あの方も安心なさるでしょうから」

「そうしてくれると助かる。いつもいつもこちらから頭を下げるのは腹が立つが」

「平和が一番ですよ」

「それと、心に留めておいてくれ。こういうことは二度とあってもらっては困る。そのための抑止力を手に入れるつもりだ」

木村が探るように宮内を見た。

「何をされるおつもりですか？」

「ほんのちょっと、兄に譲歩してもらえるよう持ちかけるだけだ」

木村は心配そうだったが、そこは任せてくれと押し切った。

そのあとで、今回の漏洩事件について外部に調査を依頼したことを告げる。

「翔太の兄が、M&Sセキュリティの代表だったので、ちょうどいいと持ちかけてみたんだ」

「それはよかったです。M&Sセキュリティのことはわたしも知っています。評判のいいところですから、外部に頼むのなら最適でしょう。松井さんですよね、翔太君のお兄さんとご一緒なさるのでしたら、昼食の予約は入れますか？」

「いや、たぶん昼食時を避けて、午後一番で来るんじゃないかな」

「わかりました。ではそのようにスケジュールを調整しておきます」

木村が出ていってから、宮内も仕事に取りかかった。

実兄との面談の前に結果が出るといいと思いながら、懇意にしている個人トレーダーに連絡し依頼した。短期に結果を出すにはうってつけの凄腕の男だ。

その後、午前中は書類仕事に費やす。言質《げんち》は取っていないが、来るのは亮司だと考えていた。まさかほかの人間を寄越すような、こちらの期待に背くことはしないだろう。

「楽しみだ」

問題山積の中でも、それを思うとにやりと笑みが浮かぶ。翔太兄はどんな顔をして自分の前に現われるのだろうか。

宮内が予期したとおり、担当としてやってきたのは亮司だった。彼は部下を一人連れてきた。何食わぬ顔で宮内の前に立ち、白々しい挨拶を寄越す。

「このたびは弊社をご指名いただきまして」

そっちがその気ならと、宮内も知らん顔で応じた。

「いえ、こちらこそよろしくお願いします」

連れてきた男を亮司は、コンピュータセキュリティの専門家だと紹介したので、社内でそちらに携わっているチーフを呼び、協力し合うように言葉を添えて預けた。

最重要機密を扱う部署に出入りさせるのは、これからタッグを組む亮司を信頼していると示すことに繋がる。

亮司もそこはわかっていたのだろう。社長室で一対一で向かい合ったとき、真っ先に信頼してくれたことへの感謝を口にした。

折り目正しい所作には、普段翔太を挟んでやり合っている馴れ馴れしさは、欠片《かけら》もない。昨日のキスのことも全く匂わせない。ケジメのつけ方が、存外心地よかった。

きっかけがどうであれ、これは仕事なのだ。自然に宮内も襟を正す。

「これから我が社の命運を預けるのに、信頼しなくては話が進まないだろう。必要なことはなんでも聞いてくれていい」

宮内の言葉に、亮司が表情を緩めて満足そうに笑った。

「ではまず、自由に社内を歩き回る許可をください。いろいろ調べたいこともありますし、まずは雰囲気を知りたいので」

「いいだろう」

木村を呼び、臨時のパスを作らせる。

「ありがとうございます。ではさっそく」

そう言って出ていこうとした亮司を呼び止める。

「一つだけ追加情報だ。まだ確定ではないが、昨日の、事故を装った車は、おそらく俺の兄の差し金だ。別件と考えてくれていい」

亮司が首を傾げた。

「そう簡単に排除していいのですか？」

「俺の会社に痛手を与えることは兄の利益にならない。無駄なことはしない人だ」

淡々と言った宮内の顔をじっと見てから、亮司はわかりましたと答える。

一礼して出ていった亮司の背後でドアが閉じてから、宮内は小さく嘆息した。

多くを言わなくても察してくれる頭の回転の速さはありがたい。兄弟の不仲は、あまり吹《ふい》聴《ちょう》したいことではないからだ。

◇◇◇

「だから兄弟仲がよくて羨ましいと言ったのか」

宮内の言葉の調子から、彼ら兄弟の対立がかなり根深いことがわかる。そのことについて何も言ってほしくないと思っていることも。

とはいえ、実際に宮内兄が関わっていないことを、亮司なりに確認しておく必要があった。

非常階段の踊り場に出て会社に電話をかけ、宮内兄の詳細を調べるように指示を出す。

携帯を閉じると、ふっと息を吐く。どうやら平静に宮内と顔を合わせることができて、緊張が解けたようだ。仕事に徹していれば、あまりキスのことを考えなくて済む。このまま何事もなくやり過ごせればいいのだが。

携帯をしまって、フロア内をゆっくりと歩き回る。そこここで、こちらを気にする視線を感じた。首からパスをぶら下げているから直接聞かれることはなかったが、誰だろうと不審に思われていることは伝わってくる。

それらを心に留めながら、印象を探った。活気のある職場だということは伝わってくる。社員はまだ若い人が多く、未来に希望を抱いている。向上心があって、自分から進んで動いているようだ。

亮司の優れた聴力は、各所で交されている会話を拾い上げる。仕事に関したものと、ただの私語で、亮司はそれらの中に解決の糸口になることがないかと、注意深く聞き取った。

同時にこれも人間より数段優れた嗅覚を働かせる。人が大勢集まったときには雑多な匂いがして、その中から異質な匂いを嗅ぎ分けるのだが、今は通常のオフィスで漂う程度の匂い以外変わったものはなかった。

ぐるりと社内を回ったあとで、亮司は社長室へ戻ることにした。

ノックしてから社長室前室に入ると、そこには木村と翔太がいた。大学が終わってすぐに来たのだろう。もうそんな時間になっているのかと、ちょっと驚いた。

翔太は自分の兄を見て、ぱっと顔を輝かせたが、ちょうど木村が仕事の内容を説明していたこともあり、それ以上の行動は我慢したようだ。仕事だぞ、と念を押しておいたのが効いたのだろう。

その場に佇んで翔太を見守った。相変わらず可愛いと兄馬鹿に浸る。一生懸命に聞きながら、メモを取っている姿がもう健気で……。

「今日の仕事は以上だよ。よろしく頼むね」

柔らかな口調で終わりを告げられると、翔太はぱっと振り向いて駆け寄ってきた。

「兄ちゃん」

わくわくした顔で見上げてくる。さすがにここでべらべら喋るほど翔太は馬鹿ではない。会えて嬉しいと目で告げてから、小さく手を振って部屋を出ていこうとする翔太を、木村が呼び止めた。

コーヒーを淹れてくるように頼み、

「一杯飲むくらい、大丈夫ですよ」

と笑いかける。

「はいっ」

元気よく返事をして、翔太はスキップをしかねない勢いで給湯室に向かった。

「翔太君、始めにきちんとした淹れ方を教えたら、今ではとてもおいしいコーヒーを淹れてくれるようになったんですよ。そんな雑用ばかりのバイトで申し訳ないのですけれどね」

「いいえ、弟が少しでもお役に立てているのなら、嬉しいです。ずっと箱入りで育ったものですから、人とうまく接することができるかと心配でした」

「翔太君ほど皆に可愛がられているバイトはいませんよ。真面目だし、一生懸命だし」

木村がそう言っているとき、社長室との境のドアが開き、宮内が顔を出した。

「今コーヒーと聞こえたが」

亮司と目が合って、戻っていたのかと呟きながら入ってくる。

「社長、先ほどの仕事は今日中にとお願いしたはずですが」

「やってるよ。それより、俺もコーヒーが飲みたい」

「気が利かずに失礼しました。では一人分追加するように言ってきましょう」

立ちかけた木村を、宮内が止める。

「必要ない。翔太なら四人分淹れてくるさ。俺がいることを知っているからな」

亮司の眉が寄った。亮司自身、翔太は気を利かせて四人分のコーヒーを持ってくるだろうとは思っているが、それを宮内が指摘したことが気に入らない。それだけ翔太を理解していることになるからだ。毎日バイトに来ているのだから、それなりに親しくなるのは仕方がないにしても、面白くない。

ここに出入りするこのチャンスに、しっかり見張らせてもらおう。もともとそれも目的のひとつではあったのだ。

公私混同するなと良心が訴えていたが、仕事は仕事でちゃんとするんだからと亮司はその声を黙らせる。

亮司の耳にカチャカチャという音が聞こえてくる。翔太が淹れたコーヒーを持って近づいてきているのだ。亮司の耳が捉えたその音で、コーヒーカップが四つあることがわかる。ふっと笑みが浮かんだ。

宮内と木村にはまだ聞こえていないようだが、給湯室から出て角を曲がり、零さないようにそろそろと歩いている。

いきなりカチャンと音がして、「わ！」という慌てたような翔太の声がした。

亮司が部屋を飛び出していくのを、宮内たちは怪訝な顔で見送っていた。外の音が聞こえていないからだ。

普通の人間は不便だなと思いながら、亮司は翔太の元に駆けつけた。

四人分のコーヒーカップを載せたトレイをしっかり持ったまま、翔太が脇に立っている男を睨んでいる。

「森里《もりさと》さん、通りすがりにお尻を撫でるのはやめてください。セクハラですよ」

「セクハラはひどいなあ。親愛の気持ちを表わしただけじゃないか」

翔太の尻を撫でた？

亮司の眉がみるみる吊り上がる。怒気を発しながら、亮司が一歩前に出た。その気配で翔太が兄に気がつき、遅れて振り向いた男がぎょっとした顔になった。

美形が怒ると凄みが出て、半端でなく恐ろしいようだ。険悪な形相で睨みながらまた一歩前に出た亮司にびびったのだろう。

「あ、じゃあまたね翔太君」

ひらひらと手を振って、慌てたように去っていく。背は高いが、痩《や》せてひょろりとした男だ。

「待て……」

「兄ちゃん、いいから」

あとを追おうとした亮司を翔太が止めた。

「それよりこれ、先に持っていって。オレ、零れたのを淹れ直してくるから」

トレイを押しつけて、零れた一つを取り上げると、頼むね、とくるりと背を向けて給湯室に戻っていく。

歯噛みしながら後ろ姿を見送って、追うかどうか少し迷ってから、男を突き止めるのはいつでもできると自分に言い聞かせ、翔太に渡されたトレイを持って戻った。

何事かと、社長室の外に宮内と木村が立っている。

亮司はこれ以上ないほどの不機嫌な顔で　彼らの前を通り過ぎた。乱暴に、しかし零さないようにトレイを置く。零せばまた翔太の手間が増えるからだ。

「何があったんです？」

不穏な気配を撒《ま》き散らす亮司に、木村が尋ねた。亮司が吊り上がった目で木村を睨む。

「この会社は、通りすがりに人の尻を撫でるようなセクハラ男を野放しにしているんですかっ」

カッカと頭に血を上らせたまま吐き捨てる。

「あなたが撫でられたんですか？」

面食らって聞き返した木村を、亮司は激怒した眼差しで射抜いた。さすがの木村も気圧《けお》されて一歩下がる。

「俺ならいいんですよ、俺なら。その場で遠慮なく反撃できますからね」

わざとらしく優しげな声で言って、亮司は指をぽきぽきと鳴らしてみせる。

「でも、立場の弱い翔太は……」

そこまで言ったとき、

「翔太君が？」

「翔太が？」

宮内と木村の声がハモった。身を乗り出して亮司に説明を求める木村を置いて、宮内の方は部屋を飛び出そうとした。

そこへ翔太が淹れ直したコーヒーを持って戻ってくる。

「危ない」

「おっと」

ぶつかりそうになったのを、双方の反射神経で無難に避ける。

「え？　宮内さん、どこ行くの？　せっかくコーヒーを淹れたのに」

「あ、いや。君がセクハラされたって、聞いたから」

「ああ、さっきの」

カップをテーブルに置きながら、翔太はなんでもないことのように言った。

「あの人、オレを好きみたいなんだよね。会うといつも口説かれるから」

言ったあとで、固まっている大人三人をきょとんと見上げる。

「どうしたの？　コーヒー飲まないの？　早くしないと、オレこれから仕事なんだけど」

亮司は非難の目で宮内を見、宮内は聞いてないぞと木村を見、木村は吐息を零しながら、促した。

「取り敢えず、いただきましょうか。せっかく翔太君が淹れてくれたコーヒーですし」

ぎこちなく腰を下ろし、一口コーヒーを飲んでから亮司が話を蒸し返す。

「翔太、さっきみたいなのはしょっちゅうあるのか？」

「ん？　いや、そんなにしょっちゅうじゃないよ。たまたま擦れ違ったときに声をかけられるくらい。けっこうスキンシップが好きみたいでね。資料室で抱き締められたり、非常階段で手を握られたりしたかな。嫌ですと言ったらすぐに放してくれるんだけど」

のほほんと答える翔太に、亮司の怒りはマックスに達した。

「宮内さん、これはどういうことですか」

ぱっと振り向いて、宮内を糾弾《きゅうだん》する。こんなことがまかり通る会社なんて冗談じゃない。一刻も早く翔太を辞めさせなくてはという思いが、込み上げてきた。

「いや、すまん。俺も知らなかった。翔太、おまえが今言ったようなことは、社内規定でセクハラに定義されている。相談窓口もあるから、バイトだからって遠慮せずに利用してくれ。というか、そいつの名前は？　せっかくだから俺が直接、事情聴取しよう」

翔太は手にしていたコーヒーカップを置いた。真っ直ぐに宮内を見る。

「その人、どんな処分を受けるんです？」

「軽くて出勤停止、悪質だと判断されたら解雇だな」

「そんな……」

厳しい処罰に翔太はびっくりしたようだ。

「翔太、同情することはない。それだけのことをやった上での処分なんだから。考えてもみろ。まだ翔太なら万一のときは反撃できるが、女性だったらどうだ。泣き寝入りする人もいるかもしれない。合意でない関係は、全て糾弾されるべきた」

亮司がフォローを入れる。

「それはそうだけど……」

言い淀む翔太は、重ねて宮内に名前を聞かれ、しばらく迷ってから首を振った。

「言わない。処分されるなんて気の毒だから。その代わり次に会ったとき、これはセクハラだから、やめてくれなければ訴えますとちゃんと言うよ。それでもやめなければ、そのときに言います」

「甘い！　そんな甘いことでどうする。そういうことなら、バイトは今日限りだ」

「やだよ、兄ちゃん、勝手に決めないでよ。やっと慣れてきたところなのに」

「駄目だ……」

「横暴だな。弟の意見を無視してそれを取り上げるのか」

言い合っていると、宮内が口を挟んできた。反射的にぴしゃりと言い返す。

「あんな男を野放しにしているあなたに、そんなことを言う資格はない！」

ついに切れた亮司は言葉も乱暴になった。

「それはこちらで善処する」

「善処するって言葉だけじゃ……」

「兄ちゃん、オレのことで喧嘩《けんか》しないでよ。恋人同士なんだから」

亮司の袖を引っ張りながら言った翔太の言葉に、硬直する。

恋人!?　誰が恋人だ！　馬鹿なことを言うなと言い返そうとして、危ないところで思い出した。

そうだった。そういう設定だった。

ちらりと宮内を見るとおかしそうに笑っている。隣では木村が目を見開いていた。

選択の余地はない。

「そう、だな。喧嘩はよくないな、うん。翔太がセクハラされていると知って、頭に血が上った。おまえが誰より大切なんだ」

「わかってるよ。ありがとう。でももうオレのこと、誰よりなんて言っちゃ駄目だよ。そんなことを言ったら、宮内さんが可哀想だもの」

「そ、そうかな?」

脇で、宮内が噴き出しそうなのを堪えている。木村は、ようやく得心したというように頷いていた。そこ、違うから、と言いたいのに言えない。自業自得、そして自縄自縛《じじょうじばく》だ。

それにしても宮内がわからない。面白がっているだけで、恋人という言葉を否定しないのはなぜだ。木村に誤解されては困るだろうに。翔太を口説くときの障害にもなる。

動揺しているせいか、考えがまとまらない。ここは戦略的撤退がベストだろう。仕事中でもあるわけだから。

翔太の淹れたコーヒーを飲み干し、

「おいしかった。淹れるのが上手になったな」

と持ち上げておく。そして残りの二人には、微妙に視線を合わせないまま、部下の様子を見に行くことを口実にして立ち上がった。

自分としてはスマートな撤退と思ったのに、最後に翔太が台無しにする。

「あれ、兄ちゃん。キスしていかないの？　ほら恋人同士の仲直りってキスだろ？」

おまえはいったいどんなドラマを見ているんだ～という内心の叫びをなんとか抑えつつ、引き攣った顔で言い聞かせる。

「仕事場なのにするわけがないだろう。だいたい木村さんもおまえもいるのに」

「え～、この前は気にしなかったのに」

また爆弾発言を！　自らの教育不足を痛感する。人前で言ってもいいこととといけないことを徹底的に教え込まねば。

「翔太、黙れ」

ほかに言いようがないので一喝して、ぱこんと軽く頭をはたいた。

そのまま身を翻して出ていこうとしたら、宮内に腕を取られ振り向かされた。

「仲直りにはキス、というのはいいアイデアだ。木村さん、ちょっと目を瞑《つむ》っていてくれ」

「何をする……！」

言いかけた唇を塞がれる。目を見開いたままキスをされ、

「キスのときには目を閉じろよ」

と、腰に来るような甘い声で囁かれ、無意識に瞼を伏せていた。

最初から舌を入れられ、遠慮なく口腔を貪《むしぼ》られる。舌を絡ませ、引き寄せられて甘噛みされた。尾てい骨から頭の天辺《てっぺん》まで、痺《しび》れるような快感が走り抜ける。

膝の力が抜けそうになり、墜ちる、と思った瞬間、冷水を浴びせられたように我に返った。

自分は何をしているんだと、股間を蹴り上げ肘《ひじ》打ちを食らわしていた。すんでの所で気配を感じた宮内には躱されてしまったが。

「……っ、危ない。凶暴だなあ」

「何を考えているんだ！」

「何って、仲直り？」

わざとらしく語尾を上げて、翔太に向かい「な」と笑みを向ける。翔太がうっすら頬を染めて、うんうんと頷いているのが癪《しゃく》に障った。

木村は宮内に言われたように背中を向けている。大の大人が、とそちらにも八つ当たりめいた気持ちを抱いた。

これだって十分セクハラじゃないか。

苛立たしげに髪を掻き上げ、肩を怒らせながら部屋を出る。何を言っても自己弁護でしかない。それよりは黙って去る方が賢明だろう。

出ていく口実にした部下は、コンピュータルームにいると聞いたので、そちらに向かった。敗北感が亮司の足を遅くする。自業自得だ。

翌日から亮司は、セクションごとに聞き取り調査を開始した。情報が漏れていることは、セキュリティ部門以外には公表していなかったから、調査の目的は、会社の福利厚生面強化のためのアンケートということになっている。

会社が契約した臨時社員という触れ込みで、亮司は自分の白皙の美貌を最大限に利用し、面談した相手からうまく個人的な話を聞き出した。その気になれば亮司は、男も女も思いのままに蕩らすことができる。

相手の警戒を解くために、翔太の兄であることも明かすと、さらに皆の好感を引き出せた。翔太効果はこんなところにも広がっていたか、と苦笑する。

亮司の目的は、情報を漏洩している人物が社内にいないかを確認することだった。

「面談するだけでわかるのか?」

と当初宮内は疑わしそうに言っていたが、亮司自身は、人より鋭敏な聴覚と嗅覚を使えば、見当をつけることくらいはできると考えていた。

離れたところから人の会話を聞き取ることができるし、緊張した人間が撒き散らすアドレナリンを嗅ぎ取ることもできる。

面談の中に、鍵となる言葉を紛れ込ませておいて、相手の反応を見ればいいわけだ。

「便利な能力だな。だからセキュリティ会社か。あ、もしかして警察内部にも仲間がいるとか？」

「まあ、そうですね」

そのあたりはあまり突っ込まれたくないので、軽く答えておく。誰がそうか、などは里の機密事項だ。

こうして仕事面だけで関わっているときは、宮内との会話もスムーズに進む。相手も仕事モードで関わってくるからやりやすかった。ヤスの記憶も心の中に閉じ込めておける。

ところが、翔太がバイトでやってくると、宮内の態度が変化するのだ。にやけた顔で翔太を誘っては断られ、

「オレより、兄ちゃんを誘ってあげてよ」

などという言葉を引き出しては、こちらに振ってくる。

「と言われたんだが、デートするか？」

「今は仕事が忙しいので」

馬鹿なことを言うなと怒鳴りたいのに、翔太の前だから無難な言い方しかできない。毎回断

っていると、今度は翔太に、うまくいってる？　と心配されてしまう。

翔太が誘惑されるよりはいいが、鬱陶しい。

どうして宮内がこちらの下手な芝居を暴かないのかわからない。翔太にばれた方が都合がいいはずなのに、なんだかこちらが遊ばれている気がするのだ。

おそらく、からかって遊べる暇つぶしくらいに思っているのだろう。

そう思い当たると、なんだかつきりと胸が痛んだ。自分の感情も、よくわからない。

だから結局、まずは仕事だと、全てに蓋をして考えるのを放棄する。

「そういえば、聞いたことはなかったが」

宮内に話しかけられて、亮司ははっと我に返る。ここは仕事場だぞ、と余計なことを考えていた自分に活を入れた。

何を言い出すのかと宮内に注意を戻し、その内容に脱力した。

「君たちのルーツってどうなっているんだ？　元々人間だったのが、必要になってそうした部分を特化してきたのか、それとも獣が別系統で進化してきたのか」

興味津々で身を乗り出してくるから、今頃聞くかと呆れる。だがそもそも宮内は、感情の機微を察することがうまい男だ。聞かれたくないとこちらが思っているのを察して、質問することを控えていたのだろう。

翔太にもそうした探りを入れたことはなかったようだし。

今聞いてきたということは、こちらのガードが緩んだことを敏感に察してのことか。とはいえ、まだ馴れ合う気はないから素っ気なく返事をする。

「さあ、どうなんでしょう」

「知らないのか？」

「一応伝承は残っていますが、俺たちは現実主義者なので、それが真実かどうかなんて誰も気にしていません」

さらりと答えると、宮内はまじまじと亮司を見つめた。

「何か？」

「いや、あっさりしているなと。自分たちの先祖のことなのに。じゃあ聞くが、その伝承ではどうなっているんだ？」

「昔、人間の娘に恋をした山猫がいたそうです。娘もその気持ちを受け入れて、生まれたのが我々の祖先だと」

「そうか。人と猫が結ばれて君たちが誕生したのか。だから君も俺に惹かれたのかな」

「ちが……っ」

宮内の言葉を否定しようとして、亮司は慌てて言葉を呑み込んだ。

ここで否定するわけにはいかない。翔太がいないから芝居をする必要はないのだが、あからさまに否定すると、次に翔太の前で何を言い出されるか。

宮内が芝居に乗っている意図がわからない以上、こちらもとぼけておく必要がある。

「ただの昔話ですよ。生物学的には異種族間の受精は無理でしょう」

「無粋だね。なんでも理屈で片づけてはいけない。ロマンだよ、君。ロ、マ、ン」

人差し指を振りながら言う宮内の瞳の奥で、楽しそうな光が躍っている。こちらが強く言い返せないのを逆手にとって面白がっているのだ。

こんなときは、話題を変えてしまうに限る。

「そういえば、これまで面談した社員さんたちは、機密漏洩に関してはシロでしたが、中に一人だけ気になる方がいました。経理課の方でしたから、一応帳簿の精査をお勧めします」

「なんだって？　君はその社員が横領していると言っているのか？」

さすがにこの話には乗ってきた。話題が逸れたことにほっとしながら、亮司は話を続ける。

「それはわかりません。ただこちらの用意したチェック項目には引っかからなかったにもかかわらず、態度が不自然で、何か秘密を抱えているように見えました。それがどうしても気になって」

「わかった。調べさせてみよう。その社員の名前は？」

亮司が告げた相手は、調べた結果実際に横領していたことが発覚した。消費者金融に多額の借金を抱えていたのが動機だ。

「さすが有能だな」

と褒められたが、それはあくまでも副産物だ。肝心の機密漏洩の調査は進展していない。

その後も亮司は面談を続け、シロ判定が増えていった。

外部からのアクセスで情報漏れしているのが確かなら、証拠を掴んだのち、警察に告訴すればいい。あとは優秀な日本の警察が動いてくれる。だが、社内の人間が絡んでいたら企業イメージが大きく損なわれるから、まずい。その事実があるかないかだけは確認しておかなければならない。

こちらで粛々と個人へのアプローチを続けている間に、亮司が連れてきたコンピュータセキュリティの専門家が、不正アクセスの痕跡を根気よく辿って、最後は日本のプロバイダーに戻ってきたと報告してきた。よくない兆候だ。宮内に説明しながら、亮司はつけ足した。

「最終的に社内に犯人がいた、なんてことがないといいのですがね」

「……なぜうちの連中はそれを見つけられなかったのだろう」

宮内が失望も露わに呻いた。

「たまたまじゃないですか？　社内の方だとどうしても、まさか同僚が、と思ってしまいがちですから。それで、このあとのことなんですが、セキュリティ部門の人たちを集めて会議を開いてもらいたいのです。これまでにわかったことを説明して、この先やってもらいたいことを割り振りたいのです。俺が指図するわけにもいかないので」

「いつ？」

「できれば今日にでも」

「今日はだめだ。予定がある」

「急ぐんですが、ずらせませんか？」

亮司が畳みかけると、宮内は迷うように視線を動かした。しかし結局は首を振り、理由を告げる。

「兄と会うんだ。こちらの可能性も潰しておく必要があるだろ」

「お兄さんと……」

呟いて、亮司は口を噤んだ。空気が重くなりかけたときだった。ノックの音と共に、勢いよく翔太が駆け込んできた。

「あ、兄ちゃん」

と満面の笑顔になった次の瞬間、

「失礼しました！」

と今度は慌てて飛び出していく。

「なんだ」

と怪訝な顔をした宮内が亮司を見た。亮司も首を傾げる。するとドアの隙間から、恐る恐る翔太が顔を出した。

「あの、しばらく誰も来ないようにここで見張っているから、どうぞっ」

そう言ってバタンとドアを閉める。

「はあ？　何を言っているんだ、翔太は」

わけがわからないとぼやいた亮司の傍らで、宮内が噴き出した。しばらくは声も出ないほど笑い転げ、そのあとで腹が痛いと呻きながら、途切れ途切れに説明する。

「翔太は誤解したんだよ。俺たちの距離に、これからラブシーンが始まるんだと」

「え!?」

亮司はまじまじと宮内を見返した。指摘されれば、確かに距離は近いかもしれない。密談に近い打ち合わせをしていたので、寄りそう形になっていた。

「馬鹿馬鹿しい」

亮司はわざと足音を立てて隣の部屋を抜け、ドアを開ける。ドアの横に立っていた翔太がきょとんと振り向いた。その腕を掴んで中に引っ張り込む。

「ちょ……、兄ちゃん。オレ、お邪魔虫は嫌だよ」

「何がお邪魔虫だ。余計な気を回さなくてもいい。木村さんは今総務部へ行っているから、帰ってくるまでそこで待っていろ」

応接用の椅子に座らせて、宮内の前に戻る。

「そういうことでしたら、俺が護衛につきます」

唐突に話の続きに戻った。

「護衛はいらない。相手は兄だ」

「そのお兄さんの指示で事故に遭いかけたんじゃないですか。常識的に考えて、兄弟が、いえ、他人でもやることじゃない。信用できません」

梃子《てこ》でも動かない顔つきの亮司を見て、宮内は苦笑した。

「わかった。今夜だけ君は俺の秘書ということに。しかしおそらく何も起こらないと思うけどな」

「起こらないなら、それに越したことはありません」

話がまとまって亮司がやれやれと思ったとき、

「かっこいいなあ」

という呟きが聞こえた。

ぱっと振り向くと、翔太が瞳をきらきらさせながらうっとりとこちらを見ている。またどんな妄想に囚《とら》われているのやら。

聞くと脱力しそうなので尋ねるのはやめて、通りすがりにぽんと頭に手を置いてから、部屋を出た。面談の続きが待っている。

◇◇◇

「兄ちゃんがガードについたら無敵だよ。どんな敵からも災難からも完璧に守ってくれるから」

「それはありがたいな」

宮内は、翔太の言葉を微笑ましく受け止めた。兄弟でこれほど信頼し合えることが羨ましい。

あの警告以後、こちらから連絡を取ったからか、それ以上のアプローチはなかったし、今夜会って話せば完全に片はつくはずだ。

それに手配していた個人トレーダーが、思った以上の成果を上げてくれている。

自分は実家に戻る気はないと宣言して、こちらへのちょっかいはやめるよう申し入れ、そのあとでこれを突きつけて抑止力とする。さすがの兄も、手を引くだろう。

両親はともかく、兄とはこれきり会わなくてもなんの痛痒《つうよう》も感じない。いきなり乱暴な手を使って警告してくるなど、人としてどうかと思う。自分と話したくなければ、木村を通すこともできたはずだ。

幸い怪我はなかったが、急発進の音を聞くと今でもびくっと反応してしまう。これもＰＴＳＤといえるのではないか。

今の兄には怒りしか覚えない。兄弟の確執に無関係な人間を巻き込んだ時点で、許せないという気持ちが強く湧き起こっている。

万一の渋滞を見越して、早めに会社を出た。運転席には亮司が、助手席には木村が座っている。この先のことを考えてか、三人とも口数が少ない。

当初料亭でという話があったのを、宮内はホテルの会議室に変更させた。今さら兄と食事をする気分ではない。

少しでも逆らうと機嫌を悪くする兄の気性を知っている木村が忠告したが、かまわないと押し切った。絶縁状を叩きつけたいのはこちらだからだ。怒るなら勝手に怒れという好戦的な気分だった。

会議室といっても、さすがに格式のあるホテルだから、重厚な書斎のような雰囲気があった。ホテルスタッフに案内されてからずっと待っていたが、時間になっても兄は現われない。これもいつものこと。兄はこうした場合、絶対に時間通りには来ないのだ。待たせることをステータスと考えている。馬鹿らしい。時間厳守こそが社会人の基本だろうに。

「三十分はあるから」

と宮内は、ルームサービスでコーヒーと軽食を取り寄せた。腹を空かしながら緊張して待っているなんて、馬鹿馬鹿しい。

「三十分？」

と首を傾げていた亮司も、時間を過ぎても待ち人が現われないことで思い当たったらしい。

「兄の感覚では、俺はそれくらい待たせていい相手なんだ。君も座って食べろよ」

入り口のドア脇に、休めの姿勢で立っていた亮司を手招いた。

亮司は室内に入るなり素早くあちこちを点検して回り、そのあとも座るように勧めても断って、立ったままでいたのだ。

ボディガードのようですね、と木村が感想を漏らしていたが、翔太から聞いたところでは、会社設立当時、亮司は実際にボディガードとして引っ張りだこだったらしい。

容姿端麗で凄腕とくれば、引く手数多《あまた》だったことだろう。

食べろと言われた亮司は、少し考えてからドアに一番近い席に座った。

「こうしてくつろいでいた方が、あなたのお兄さんにはボディブローのように効くのでしょうね」

感慨深げに呟いてから、食べやすく切られたサンドイッチに手を伸ばした。

「その通りだ。遠慮しないで食べてくれ」

自分の思惑を見抜かれている。宮内はさすがだと苦笑しながら、コーヒーカップを取り上げた。

「翔太の淹れるコーヒーの方がおいしいな」

一口飲んでから感想を言うと、木村が頷き、亮司もその通りだと肯定した。

ちょうど三十分が過ぎた頃、いきなりドアが開いて、宮内に似た男が二人の側近を従えて入ってきた。意気揚々と入った直後、男はぴたりと立ち止まって不愉快そうな顔で食べ物が並んだテーブルを睨む。

「礼を失しているとは思わんのか。会議の席で飲食など。さっさと片づけろ！」

低い声が激怒で震えている。宮内がゆっくりと視線を上げた。

「これは申し訳ありません。約束の時間は過ぎていましたし、いつ、いらっしゃるのかわかりませんでしたので、軽く食べておりました。急いで片づけさせましょう」

慇懃《いんぎん》にそう言うと、宮内は内線でフロントを呼び、すぐに片づけを依頼する。

すんなり自分の言葉が通った男は怒りの矛先を失ったらしく、ますます渋面《じゅうめん》をひどくして拳を握った。

ホテルのボーイがやってきてテーブルの上を綺麗にし、下がっていく。

「立っていないで座りませんか？　兄さん」

「おまえに言われなくても」

ふんと鼻を鳴らし、宮内の兄が当然のように上座に座る。いつの間にか亮司はドアの脇に立っていた。兄の側近が怪訝そうに見たが、亮司は小さく会釈しただけで黙って控えている。

亮司が姿勢を正して立っているだけで、鋼の意志が感じられた。鋭い視線が、どんな変調も見逃さないと、室内をサーチしている。

側近たちにも、ただ者でないオーラは伝わったようだ。ひそひそと囁き合ったあとは、亮司を避けて少し離れたところで待機する。

「さて、あなたを待って無駄な時間を過ごしてしまいましたので、さっさと進めましょう」

「なんだと」

無礼な、と兄がいきり立った。側近二人がぴくりと反応し、一人が前に出ようとする。厳つい身体つきをしているのでボディガードも兼ねているのだろうか。それを、すっと亮司が遮った。

片方の手を前に出しただけなのだが、相手はそれだけで動けなくなった。威圧感、なのだろうか。動くとやられると感じさせるほど、圧倒的な実力差があるのだろう。

なかなかやるじゃないかと思いながら、宮内は兄に注意を戻した。面倒なことになれば、亮司が片づけてくれそうだ。が、その前に事を終わらせるのが、こちらの腕の見せ所でもある。

宮内は一枚の紙を兄の前に滑らせた。家業には今後一切関わらないという誓紙だ。手に取った兄が満足そうに唇を吊り上げた。

「最初からこうしていればいいのだ。下手に逆らうから、わたしの不興を買うはめになる」

誓紙を渡したことで、宮内が屈服したと取ったのだろう。

その顔を、宮内は静かな目で見た。父に有能と認められて後継者となった兄は、確かに優秀で、経営に関してはこの先も問題なくトップに立ち続けるだろう。

自分以外を蹴散らすことに全く痛痒を感じない、さらに冷酷な判断もできる兄のような男でないと、巨大グループは御《ぎょ》していけない。それは理解している。

だが、だからといって、その下に諾々《だくだく》と跪《ひざまず》くのはごめんだった。右の頬を叩かれたら、倍にして叩き返す。それが本来の宮内の主義だ。

あんた、俺を甘く見すぎたな。

自分一人なら、事を荒立てずに収めたかもしれないが、亮司と翔太に危険が及んだことで、宮内の怒りはマックスを振り切っている。

それに今後のことを考えれば、ここで兄に抑止力を示して、今後自分に手出しはしないという確約を取りつけておくのがベストな判断だろう。

思い通りに事が運んでふんぞり返った兄の前に、宮内はさりげなくもう一枚の紙を差し出した。兄が個人的に株を取得して、支配している会社の一部が記載してある。

「なんだこれは」

「俺が筆頭株主になった会社です」

「なんだと。今さらそんなでたらめを言って、どういうつもりだ。おまえにそんな甲斐性があるわけないだろう」

兄がバンとテーブルを叩いて立ち上がった。

宮内はそれを冷ややかに見る。

「どうぞ調べてみてください。事実ですから」

そこで宮内はがらりと態度を変えた。

「あんたはやりすぎたんだ。警告するのにあんな馬鹿な方法を選ぶなんて。なんの関係もない人間が二人、俺の傍にいただけで巻き込まれたんだぞ。近くの防犯カメラを使って相手を特定すれば、殺人未遂で立件できる。下手を打ちましたね」

糾弾すると、兄ははっきりと顔色を変えた。そのあたりはきちんと報告を受けているらしい。

しかしすぐに強気な顔を取り戻す。

「プロ中のプロに依頼したんだ。ぎりぎりの危険はあったかもしれないが、絶対に事故にはならなかった」

兄の言葉に、宮内はふっと笑って身を乗り出した。兄の前では極力隠していた獰猛な気配を全開にする。一瞬だけ、兄の顔に怯えが走った気がした。がすぐに平静を装った顔からは、兄の感情は見えてこない。

この恫喝《どうかつ》で、恐怖を感じてくれていればいいのだが。

「……あなたはそう言うと思っていました。ですが、事故は予期しないときに起こるものです。絶対、はないんですよ。だから俺はあなたが許せない。これは警告です。あなたが何もしなければ、俺も何もしない」

長い沈黙が続いた。兄が自らの敗北を受け入れるのに要した時間だ。

黙ったまま立ち上がった兄は、無言のまま二通の書類を懐にしまうと、こちらを見もせずに部屋を出ていった。誇り高く背筋を伸ばしてはいるが、敗北には違いない。

宮内が書いた誓紙が、かろうじて兄の体面を救っていた。側近たちが慌ててあとを追っていく。

ドアが閉ざされて、宮内は長々と吐息を零し、椅子の背凭《せもた》れに寄りかかった。それまで一言も口を挟まず、見届け人に徹していた木村に振る。

「木村さん、どう？　これであの人は引き下がるかな」

「引き下がるでしょう。あの方の元にはあなたの誓紙があるわけですから。おそらくそちらだけを公開して、あなたが負け犬であると、失礼、言いふらすでしょう」

「いいよ別に、負け犬で。あの人の体面を潰す気はないんだ。追い詰めると、かえって報復が面倒だ。俺に関わってさえ来なければ、それでいい」

木村が、

「名を捨てて実を取ったわけですね」

と呟いた。

宮内は亮司にも声をかけた。

「君はどう思う？」

「あなたが心の中で自分のプライドと折り合いをつけているのでしたら、いい解決だったと思いますよ」

「そうだな、プライドは本当に譲れないものにだけ持っていればいい」

そう言うと亮司は、ふっと口許を緩めた。

「さて、何はともあれ終わった。どこかで食事をして帰らないか？」

誘いをかけたが、木村は微笑んで断ってきた。

「お二人でどうぞ」

木村の中では、亮司と宮内は恋人と認識されているのだ。その言葉に押されるように、亮司を振り向いた。

「君は？」

自分が誘われるとは思っていなかったのだろう。亮司が驚いたように目を見開いた。仕事に徹していたときの硬質な印象が一変して、人間くさくなる。

いい顔だ、と唐突に宮内は思った。この顔が好きだ。

ここ最近、ああだこうだと言いながらも亮司の態度が柔らかく解《ほぐ》れていると感じていた。そろそろ誘いを受ける気になってきたかと思ったのだが、残念、あっさりと振られてしまう。

「翔太が待っていますので」

うっかりかわざとか？　その口実に付け入る隙を見出した宮内はしめたとにんまり笑う。すぐさま翔太に連絡を取った。

「ちょっと、宮内さん……」

やめさせようと伸びてきた手をさっと躱し、翔太を誘う。

「ご飯奢《おご》るから出てこないか。もちろん兄ちゃんも一緒だ」

『ほんと？　でもオレ、邪魔じゃない？』

元気な声が返ってきて、すぐに気遣わしげな声に変わる。宮内はにやりと笑いながら、

「邪魔じゃないから、おいで」

とさらに甘く誘った。

『じゃ、これからすぐ行く』

弾むような声に笑みを誘われる。

携帯をしまいながら横目で見ると、亮司が面白くなさそうな渋面になっていた。

自業自得だ。内心で大笑いする。

宮内が芝居だということをばらさないのはなぜなのかと、亮司があれこれ考えているのは察している。これ以上翔太にちょっかいを出さないのなら、いい加減に芝居をやめたいと思っているのも百も承知だ。

だが、簡単に逃がすつもりはない。仕掛けてきたのはそっちだ。最後まで付き合ってもらおう。

木村と別れ、翔太が待っている最寄り駅まで車を走らせるも、亮司は無言を通していた。不本意だということをアピールしているのだろう。

それでも翔太と落ち合ったあとは、亮司の態度が一変する。愛想よく微笑んだり、近くに座

ってさりげなく触れてきたりするから、堪えられない。

そのくせ翔太の意識が逸れていると、握っていた手をさっと放すのだ。その機先を制して、逃げかける手を素早く捕らえ、膝の上で押さえつける。

翔太にばれないように、そうした密やかな攻防が続いた。その駆け引きが愉快で堪らない。

ずっと引っかかっていた兄との問題も解決して、気持ちは解放され、三人でする久しぶりの食事を、宮内は本当に心から楽しんだ。

あとは、漏洩問題を解決できれば。

その有力な情報を亮司が報告しに来たのは、それから数日後のことだった。

◇◇◇

面談は、残り僅かになっていた。亮司は人事部から提供されたリストに、先ほどの結果として異常なしのチェックを入れる。

さすがに疲れて、目頭を押さえた。

先日の宮内とその兄との対決以来、心が不安定に揺れている。兄弟は睦《むつ》み合うのが当然と思っていた亮司からすれば、彼らの関係はカルチャーショックに近い。

しかも決別したあとの宮内は、長年の重荷を下ろしたような、清々した顔をしていたのだ。よほど兄のことが鬱屈《うっくつ》の元だったらしい。

それでも心奥《しんおう》まで覗き込めば、複雑な心情があるに違いないと思うと、どうしても同情してしまう。宮内が、そんな情など必要としないとわかっていても。

そのあと久しぶりに三人で食事をしてあらためてわかったことだが、翔太はしっかり宮内に懐いていて、それを今さら引き離すのは難しそうだ。

救われるのは、翔太は自分と宮内が恋人同士だと信じていることで、たとえ宮内が誘っても一人で応じたりはしないと確信できる。

それならもう目的は達しているのだから、さっさと恋人の演技をやめればいいようなものだが。

やめるとなると、翔太への説明をどうするか、そしてちょっかいを出し続けている宮内に翔太が絆《ほだ》されないか、いろいろ心配が募る。

いや、それは全部言い訳だ。本当のところ、はっきりした態度を取らずずるずる続けているのはなぜか、自分でもよくわからない。

楽しくて居心地がいいからだという内心の声を亮司は、気の迷いだと押し潰す。

そしていつもの疑問。

宮内は、どうして恋人ではないと否定しないのだろうか……。

吐息を零し首を振る。答えの出ない問題より、まずは仕事だと雑念を振り払う。

宮内の兄は調査の結果、情報流出に無関係なことは確認できた。宮内が言ったとおりだ。

社内面談も残るは僅か。この中におかしな気配を纏う者がいなければ、内部から手引きした者はいないと報告することができる。

「さて、あともう一頑張り。次は誰だ。森里？」

翔太にセクハラした奴が、あのとき森なんとかと呼ばれていたのは記憶に刻みつけていた。が、森山《もりやま》、森兼《もりかね》、森下《もりした》など結構いたから、森という名字からセクハラした相手を見出すことはとうに諦めている。

だが、ドアの外に森里が立ったとき、微かに漂ってくる錆臭い匂いに亮司は眉を寄せた。緊張している。それも、基準以上に濃いアドレナリンを放出している。まさか……？

眉間に寄せていた皺を伸ばし、穏やかな笑顔を作ると、

「どうぞ、入ってください」

と声をかけた。

ひょろりと背の高い、肉づきのよくない男が入ってきた。一重の細い目が、探るようにこちらを見ている。

こいつだ！

すぐにわかった。翔太に度々ちょっかいをかけていたという男。一度遭遇した男を、亮司が忘れるはずがない。だったら、緊張しているのも当然か。こちらが翔太の兄だということは公表しているのだ。

亮司の前に座った男は落ち着きがなく、目を合わせようとしない。これまでと同じ質問をしても、特にないと素っ気ない。

「本当にないのですか？　保養所が欲しいとか、ノー残業デーが欲しいとか、皆さんいろいろ福利厚生面での希望を上げておられましたけど」

上品に微笑んでみせると、森里の喉がごくりと鳴った。が返事はやはり、

「ありません」

だった。それならそれでいい。亮司は用意していた引っかけの質問を口にする。

「ではこちらから幾つかお聞きしますね」

入れるキーワードは『セキュリティ』『ハッキング』『情報漏洩』の三つだ。その言葉をさりげない質問の間に紛れ込ませて、相手がどんな反応をするかを注意深く観察する。もちろん、目で見るだけではない。聴覚と嗅覚も総動員する。そしてその結果。

……クロだ。

キーワードを言ったときの反応が、明らかに違う。それはこの男がずっと気にしているからだ。誰にもばれるはずがないと思いながらも、もしばれたら身の破滅だと考えている。だから、そうした言葉に顕著な反応を示す。

もちろん相手は亮司が勘づいたなど、思ってもいないだろう。普通の人間では、男の変化は捉えられない。うまくごまかしたと確信しているはずだ。

「ところで、ここからは少々個人的なお話をしたいのですが」

わざと亮司がそちらに話を持っていくと、

「すみません」

といきなり森里ががばっと頭を下げた。

「どうしたんですか、いきなり」

「翔太君のお兄さんですよね。皆がそう噂していたので」

「そうですが」

森里が言いたそうなことは見当がついていたが、黙って聞いておく。

「実は翔太君に一目惚れして、セクハラというか、いえ、決して僕自身はそんなつもりはなかったんですが、好きだから、近くに来たら触らずにはいられなくて」

ぺらぺらと捲し立てて、すみませんでした、もうしませんとまた頭を下げる。

それはまるで、もっと深刻なことを隠したい一心で、軽微な犯罪を自白しているようにも感じられた。

それをセクハラって言うんだよ、と内心で吐き捨てながら、亮司は柔和な表情をとどめたままで答える。

「そうですか。あなたが悔い改めてくれてよかった」

次は許しませんよと軽く窘めてから、森里を解放した。

彼が部屋を出ていくまで浮かべていた笑みはドアが閉まるとさっと消え、その顔は厳しく引き締められる。

どう動くべきか。

常に監視下において、行動の全てを把握しなければならない。単独犯なのか、仲間がいるのか、外部からの働きかけがあったのか。当人を問い詰めて白状させるのが一番だが。

「それには証拠が必要だな」

いったい何の根拠があってと反論されたら、具体的に示せるものがない。こちらの能力を誇示するわけにはいかないからだ。

「取りあえず、報告しておくか」

意識しすぎということはわかっているのだが、宮内と顔を合わせるのが気鬱《きうつ》だ。

亮司は重い腰を上げて宮内の下に向かう。

「この男です」

亮司は社員リストから森里を指摘する。宮内が意外そうな顔をして眉を上げた。

「どうしてわかった？」

「勘としか言いようがないです。誰もが納得できる証拠を、これから集めます。しばらく尾行をつけて行動を洗えば、何か出てくるでしょう」

「外部からの働きかけは？」

「それも現時点ではわかりません」

「そうか。とにかく続けてくれ。個人が特定できただけでもましだ」

一緒に聞いていた木村も、強ばった顔でお願いしますと頭を下げていた。

内部に情報漏洩者がいたことで、彼らは難しい判断をしなければならない。公表するか社内で収めるか。いずれにしろ肝心なのは、情報流出は止めなければならないということだ。

だが面談の翌日、また情報漏れがあった。本人への監視を強化していたのに、だ。しかもその手法がわからない。森里に甘く見られても仕方がない失態だ。

幸い、被害は最小限に食い止められたが、もう時間の猶予はない。

今回の漏洩を止められなかったことで、森里は「ばれていない」とつけ上がるだろう。次こそは、対応が間に合わなくて大規模な流出が起きるかもしれない。

チームが個人に後れを取っている。情けないことだ。

「総力を挙げて解明しろ。ほかの仕事は一時棚上げしてもいい」

宮内は指示を出したが、森里に気づかれないようにという命題がある。思い切った手が取れないのが実情だった。

亮司はチームを組んだ数人で森里を監視させた。しかし不審な行動はない。不審人物との接触もなかった。会社と家を往復し、たまに買い出しのためにスーパーに寄るだけの日常からは、疑いをかける余地がない。いったいどうやったのか。

焦燥のうちに、時間ばかりが経っていく。

そんな中、宮内、木村と打ち合わせをしているとき、授業が休講になったと翔太がやってきた。いきなりだったので大人三人は不自然に唇を閉じる。

だがここに来る前に、翔太が敏感な耳で話を聞いていないはずがなかった。自分ともあろう者が、なぜ翔太の気配に気がつかなかったのか。油断した。

胸の内が聞こえたのか、翔太が肩を竦めてぺろっと舌を出した。

「ごめん。盗み聞きするつもりじゃなかったんだけど、聞こえちゃって。……オレが囮《おとり》になろうか？　森里さんはオレが好きだって言っていたから、きっと部屋に入れてくれるよ」

そうしてそんなことを言ってきた。

「駄目だ！」

亮司と宮内と、二人声が揃う。

「え〜、なんで？　森里さんが犯人なら自宅パソコンを押さえればいいじゃない。データは消してるだろうけど、絶対痕跡が残っているはずだよ」

力説する翔太に、亮司は苦い表情で答えた。

「それはすでに試みた。森里を内偵しているときに密かに家捜しも指示したが、パソコンにはそれらしい痕跡は残っていなかった」

「パソコンが一台とは限らないでしょ。ねえ、オレが森里さんの部屋にいる間に火災報知器を鳴らすとかしてパニック状態を作り出せば、咄嗟に大事なものをしまっている場所に行くんじゃない？」

それは一理ある。だがそんな危険なことを翔太にはさせられない。もしばれたら……。

翔太が傷つけられると考えただけでぞっとする。

ちらりと宮内を見ると、向こうもこちらを見ていた。同じ憂慮を抱いていることがわかる。

こういう所は気が合う。どちらも翔太を大切に思っているからだ。

そう認識したとき、胸の奥がちくりと痛んだ。

なんだ、これ？　とよそに逸れそうになった意識を、今はそんなときじゃないと引き戻す。ほかのことを考えている場合ではない。

「大人の作戦に首を突っ込むんじゃない。木村さんに今日の仕事を聞いて、早く取りかかりなさい」

厳しい表情でピシリと言うと、宮内も脇から言葉を添えてきた。

「翔太が協力したいと言ってくれるのはとても嬉しい。だがその代償に翔太が怪我をしたり、傷つけられたりするのは嫌なんだ。わかってくれるよな」

亮司の言葉に不服そうな顔をしていた翔太だったが、宮内が言葉を尽くして説得するとしぶしぶ頷いた。兄に対しては甘えがあるからだろうとわかっていても、どうにも複雑な気持ちだ。

木村の元に翔太を残し、亮司はいったん社に引き揚げる。今後の対策を協議するためだ。

翔太の提案した作戦は、なかなか魅力的だった。火事だと言われれば、誰でも大事なものを持ち出そうとするだろう。それがパソコンかどうかは不明だが、データと考えれば頷けるところもある。

囮を送り込まなくても、火事騒ぎで飛び出してきた森里から奪えばいいのでは。だが問題は、森里が証拠になりそうな何かを持ち出す保証がないことだ。空振りだった場合、どうする。森里が黙って引っ込むとは思えない。警察に駆け込むこともあり得る。

「そのあたりは、里の人脈でなんとでもなるが」

そこからずるずると情報漏洩問題が表沙汰になれば、本末転倒だ。やるにしてもこちらが誰であるか決して知られないように、緻密な計画を立てなければ。

社に戻って自分が招集したチームに、作戦を説明した。桜庭がオブザーバーとして脇に控えている。

説明後の質疑で、すぐに亮司自身が懸念していた欠陥を指摘された。

「やはり誰かが中に入り込んでおくべきですね。森里がどう動いたかを知った上で、襲撃するかどうかを判断することにしないと。空振りした場合、警戒されて二度と手が出せなくなりますよ。もしくは海外に飛ばれるか」

すると別の一人も言う。

「火災報知器で誘い出すのはいいとしても、森里が何を持ち出すかは推測でしょう？　もともとデータは別のところに隠してあるかもしれないし」

「家捜ししたときは、パソコンは一台しかありませんでした」

実際に忍び込んだ者がぼやいた。

森里の部屋に招き入れられるには、なんらかの手段で親しくなる必要がある。立ち入りそうな食事処や飲み屋を徹底的に洗わせ、そこへ森里が好みそうな相手を待機させるよう手配した。

翔太にちょっかいをかけていたから、性指向は同性だと思われるが、念のため女性も手配してある。うまく誘いをかけて、家にお持ち帰りとなれば作戦は成功だ。

色仕掛けができるのは、一対一なら絶対に人間より身体能力は上だからだ。後れを取ることは考えられない。

翔太もそれを念頭に置いたから、囮になると言ったのだろう。それでも油断は禁物だ。

だが着々と進めていた作戦は、いきなり急展開を見ることになった。翔太が勝手に動いて森里と接触したのだ。

最初の知らせは、木村からだった。

『翔太君が来ないのですが、体調でも崩したのですか？』

電話がかかってきてそう尋ねられたときは、まだ危機感はなかった。しかし家にはいなくて大学にも行っていないことがわかると、俄然《がぜん》焦燥感が込み上げてくる。思い当たるのは、森里がらみしかないからだ。

「森里は今日は……？」

『休みを取っています』

「あの、馬鹿……」

思わず呻いていた。

「森里のマンションへ行ってみます」

そう告げて電話を切ると、桜庭にあとから人を連れて来てくれと言い残し、慌ただしく車を飛ばしてマンションに駆けつける。持ち前のテクニックでマンションの鍵を開け中に踏み込んだが、三階のその部屋はすでにもぬけの殻となっていた。

だが、少し前までここにいた痕跡がある。敏感な亮司の鼻が、翔太の匂いを嗅ぎつけたのだ。問題はここからどこに行ったかだ。

苛立ちのあまり、傍の壁を叩く。頭に血が上り、次にどうしたらいいか何も浮かんでこない。落ち着けと自分に言い聞かせても、翔太が痛めつけられている場面が脳裏に浮かんで狼狽《ろうばい》し、パニックになる。

どう足掻いても冷静になれない。

「翔太は！」

そのとき駆け込んできたのは宮内だった。木村から聞いて来てくれたのだろう。

「いないんだ。どこかに連れていかれたらしい」

「そうか」

青ざめたまま拳を握り締めて立ち尽くしている亮司を一瞥《いちべつ》してから、宮内は室内に踏み込んだ。ぐるりと周囲を見回してからハンカチを取り出し、指紋を残さないように注意しながら、あちこちの引き出しを開けて覗いている。さらにクローゼットの奥やベッドの下、椅子を傾けてみたりと家捜しの様相だ。

「何をしているんだ」

「何って、手がかりがないかと探している。ここから移動したのなら、翔太が何か残しているはずだ」

「何か、残している……？」

呟いてから、ようやく意味がわかった。

そうだ、翔太がいなくなったことばかりに気を取られて、連れ去られたのではなく自分からついていった可能性に思い至らなかった。

その場合なら翔太は、ちゃんと行き先の手がかりを残していくだろう。

そもそも翔太があのひょろっとした男に、むざむざ後れを取るはずがないのだ。

情けない。翔太が絡むと、自分は冷静な判断ができなくなる。

亮司は大きくため息をつくと、宮内に倣《なら》って、部屋の中を探し始めた。

宮内が居間やベッドルームを見ているので、亮司はキッチンに向かう。

それにしても冷静に状況判断ができた宮内に比べ、兄である自分の不甲斐ないこと。彼がいなければ、このままここで途方に暮れていただろう。

「そうだ。翔太の携帯はGPSはついていないのか」

キッチンの棚を開けているとき、宮内が声をかけてきた。

「……ついている」

またもや敗北感が亮司を襲う。自分、間抜けすぎるだろう。

手がかりも何も、翔太は移動するとわかったとき、こちらがGPSで捜索するのを見越してスイッチを入れているはずだ。GPSが機能するなら、ほかの手がかりなどいらない。

落ち込みながら携帯を操作する亮司の肩を、宮内が叩いた。

「大切な人が連れ去られたんだ。頭などまともに働かなくなる」

「それでも、気がつかなければいけないことだ。無駄な時間を過ごさずに目的地を目指せていたのに」

慰められても、自分の失態が情けない。時間差は僅かかもしれないが、それが取り返しのつかない遅れになるかもしれないのだ。

今翔太がどうなっているか。想像したらまた思考停止状態になりそうで、亮司は不安を押しやり携帯を操作することに集中した。

心臓の鼓動がうるさい。こめかみを通る血流がどくどくと激しく脈打っていた。舌打ちする。手が震えて操作を間違えたのだ。

「落ち着け」

自分に言い聞かせながら、やり直す。

背後から宮内が腕を回してきた。自分の背中と相手の胸が密着して、相手の熱を生々しく感じた。長い腕の先についている器用な指が、亮司の手を温かく包み込む。

「どういう状況になっていても、翔太なら俺たちが行くまで持ち堪える。それを信じるんだ」

深みを帯びた声が、耳許で告げる。そうだ、翔太ならみすみす相手に負けたりはしない。巧みに躱して、うまく相手を誘導して時間を稼いでいるはずだ。

深く息を吸って吐く。背後の宮内の体臭がコロンと入り交じり、微香となって漂っていた。それが亮司には鎮静効果として働いた。

次に携帯を操作した手は、しっかりと目的を果たす。地図が表示された。

「これは……」

翔太を示す光点は、この場所を示していた。

「ここ？」

宮内が不審そうに確認する。亮司は自分でも首を傾げてから、地図を拡大して宮内に示した。

「確かにどう見てもこのマンションを指しているな。するとどうなるんだ？　携帯をここに忘れていったのか」

「翔太らしくない」

亮司がぼそりと呟いた。

「そうだ、翔太は覚悟してここに乗り込んだはずだ。連絡が途切れるようなミスをするはずがない。それに探した範囲には携帯はなかった」

「もしかして」

思い当たって、亮司は寄りかかっていた宮内から離れた。そのまま玄関に向かい、外の通路に出る。

背中を守っていた温もりが急に失われて、心許ない思いを味わった。無意識に宮内に頼っていたのだとわかる。

通路に立って、耳を澄まし鼻を蠢《うごめ》かせていた亮司だが、これといった手がかりはなかった。ただドアのあたりに強く匂いが残っていたから、わざわざ翔太がここに身体を擦りつけて出ていったのだとわかる。

それも手がかりの一つだ。

「どうだ？」

顔を出した宮内に聞かれて首を振った。

「このマンションの別の部屋かもと思いついたんだが、扉を閉めてしまえば、匂いも声も拾えない」

「だったら窓だ」

急に腕を引かれて室内に連れ戻され、ベランダまで連れていかれる。

「どうしろと……」

掃き出し窓からベランダに出て、宮内を振り向いた。

「そこなら匂いが嗅げるんじゃないか。翔太のことだ。自分の居場所を教えるために、さりげなく窓を開けたかもしれないし」

確かにそうだ。亮司はベランダの手摺りに掴まって目を閉じた。深く息を吸う。

雑多な香りが鼻腔に届く。花の匂い、ペットの匂い、料理の芳香、クッキーやジュースの香りもする。芳香剤の匂いに、湿気の多い部屋から漂うカビの臭いまで。

その中には当然体臭も入り交じっていた。

「いた」

ぱっと亮司が目を開いた。宮内が指示を待っている。

「何階だ」

「五階の角部屋。窓が開いていて、そこから翔太の匂いがしている」

「よし行こう」

宮内が階段を駆け上がる。倍近い速度で亮司はその横を擦り抜けた。

「速いな」

宮内の苦笑が聞こえる。かまわずに五階まで向かい、角部屋のドアの前に立った。音を立てないようにノブを回してみる。鍵がかかっていた。

先ほどやったのと同じようにして鍵を解除していると、宮内がやってきた。

「器用だな」

不法侵入をしかけているのに、宮内の感想はそれだけだった。

音がしないように注意しながらドアを開け、中に忍び込む。奥の部屋でぼそぼそ声がしていた。亮司の耳はそれを翔太と森里だと聞き分ける。

無事だったと、思わず力が抜けそうになった。

「ほっとするのはまだ早い」

宮内に小声で窘められ、そうだったと気を引き締め直す。そのときだった。

「やっぱりこれが目当てだったんじゃないか！」

怒声が聞こえ、続いて何かを殴る音。呻き声。宮内と二人で顔を見合わせ、その部屋に走り込んでいった。

縛られて転がされている翔太。殴られたのか、唇に血が滲んでいる。その前に立ちはだかって、ナイフとディスクの入ったケースを振り回している森里。

それらが一瞬で目に飛び込んできた。瞬時に亮司は、驚愕して振り向いた森里に飛びかかっていた。

ナイフを蹴り飛ばし、続いて襟を掴んで引き寄せると顔面に拳を振るい、膝を突き上げて鳩尾《みぞおち》を抉《えぐ》る。最後に、両手で首の急所を打って気を失わせた。

ひょろりとした身体が床に崩れ落ちる。手にしていたディスクが脇に転がった。それを見届けることなく、亮司は翔太に駆け寄る。

亮司が森里をのしている間に、宮内が翔太を抱き起こし紐を解いていた。

「宮内さん！　怖かったよ～」

自由になると翔太はそのまま宮内に縋《すが》りついて泣き出した。手放しでわんわん泣くのを、宮内が優しく宥めている。

「もう大丈夫だ、翔太……」

その様子を見て亮司は衝撃を受けた。

いつもなら、自分がここにいるのに、宮内の方に慰めを求めて抱きついた翔太にショックを覚えたはずだ。

ところが今自分は、翔太を守るように回された宮内の腕や、優しく撫でているその動作に、そして耳許で安心させる言葉を吹き込んでいるその声に、痛みを感じている。

いったいどうして……。

翔太を宮内から引き離したいのは、弟を自分が抱き締めたいからではなくて、ただ宮内から遠ざけたいがため？

それは目眩がするような真実を示唆していた。自分はいったい誰に嫉妬しているのか。

混乱する亮司に宮内が声をかける。

「亮司？」

その声に、立ち尽くしていた亮司は我に返った。宮内が、たぶん初めて亮司と呼んだ。

ざわざわと心が揺れている。

胸の中は、いろいろな思いが交錯してぐちゃぐちゃだが、呼ばれた意味はわかっている。その場に膝をつき、宮内に押し出された翔太をきつく抱き締めた。

「無事で、よかった」

抱き締めて急に実感が湧いた。助けることができたのだと。ほっとして力が抜け、不覚にも声が掠れる。

改めてこの腕に抱けば、やはり愛しい。大切な、幸せを願ってやまない弟には違いなかった。

もう少し早ければ、こんな怪我をさせなくても済んだのに。

震える手で、腫《は》れた唇をそっと撫でた。

「痛い……、兄ちゃん」

「ごめん」

鼻を啜りながら訴えられて、慌てて手を引いた。

「悪い奴は、兄ちゃんがぶっ飛ばしてやったからな」

「うん、見てた。かっこよかったよ」

泣き笑いで見上げる弟に、そっと微笑みかける。気がつけば、こんな危機に直面していたというのに、翔太は猫耳も尻尾も出していなかった。

「出てないぞ。頑張ったんだな」

猫耳が出るあたりを撫でながら言ってやると、翔太はぐすっと再び鼻を啜りながら頷いた。

「あんな奴に、オレの猫耳や尻尾を見られて堪るかって思ったら、出なかった」

「そうか」

頷いて、亮司はもう一度翔太を抱き締める。

それから桜庭に、翔太が無事だという連絡を入れた。桜庭はほっとしたようによかったと言い、チームを連れて急行中だと告げてきた。責任者が会社を留守にしたのかと咎めかけて、彼もまた翔太のことを大切にしてくれていたことを思い出し、そっと通話を切る。

「あ、そうだ。さっきそいつが持ってたの、たぶん証拠になると思う。あいつ、自分の実力を低く評価されてると思っていて、それで今回のことを計画したんだって。単独犯っぽい」

「これか？」

意識のない男を縛ったあとで、木村に連絡していた宮内が、翔太の言葉に、転がっていたディスクを拾い上げた。

「そう、それ。この部屋にね、パソコンがあったんだ。そこから抜き取ったの。今回のことを計画するのに、あいついろいろ偽装工作っぽいことをやってたみたい。この部屋を自宅とは別に借りるとかね」

「ありがとう。これはさっそく解析にかけさせよう。それはそうと、翔太、なんで縛られていたんだ？　軽く躱せるんじゃなかったのか」

宮内の問いに翔太はぎゅっと拳を握り締めた。

「油断したんだ。うまいこと言ってあいつにシャワーを浴びさせて、その隙にパソコンを探し出したんだけど。空いたディスクにデータを移すのに集中しすぎて、後ろから襲われた」

「人間を侮《あなど》るからだ。頼むから、もうこんなことはしないでくれ。心臓が幾つあっても足りない」

亮司が諭すと、翔太は素直にうんと頷いた。

「ごめん。自分ではうまくやれると思ってたけど、ちょっと油断した。でも窓を開けさせたりして、なんとかここがわかるように、できるだけのことはしたんだよ。兄ちゃんが来てくれると信じてたから」

「そうか」

「そうしたら、ちゃんと来てくれた」

信頼しきって笑う翔太を見ていると、自分がついた嘘が思い出された。

宮内と恋人同士だというそれ。そんなことをする必要は、きっとなかったのだ。

翔太は嫌ならちゃんと断るだろうし、もし宮内を好きなら自分はただ邪魔をしただけ。

嘘を正すのは今だと思った。

「翔太、すまない。実は俺と宮内さんが恋人同士だというのは嘘だ。宮内さんが翔太を毒牙にかけようとしていると思い込んで、おまえから遠ざけようと嘘をついた」

「え!?」

翔太はぽかんと口を開けた。

「ごまかすのはもうやめる。翔太もちゃんと一人前だ。俺が守らなくても自分で考えて行動できる。だから翔太、もしおまえが宮内さんを好きなら、遠慮せずに口説いていいぞ」

「口説いていいって、なんでそんなことになるの?」

戸惑ったままの翔太を押し退《の》け、宮内が割り込んできた。

「おい、勝手に俺を譲り渡されるのは困る」

そう言いながら、宮内がぎゅっと亮司を抱き締めてキスしてくる。

目を見開いたままキスを受けて、舌が唇を嘗めるぬらりとした感触に、反射的に宮内を押し退けていた。

「な、なんのつもりだ」

口許を拭いながら問い詰める。

「君が好きだと告白しているつもりだが」

好き？　宮内が俺を？

唐突な告白が亮司を惑わせる。宮内は翔太をかまっていて、そうはさせまいと自分が割り込んでいたはずだ。

確かに、なぜ恋人同士だと告げた嘘を否定しないのかと考えもしたが、結局理由はわからず、とりあえず翔太と宮内が付き合う可能性を摘み取ったことでよしとしていたのだ。

……それが、好き？

混乱に付け込むように、また宮内が顔を近づけてきた。

さすがにこの状態でキスなどとんでもない。顔を背け、振り解こうと身動いだが、逆に抱き込んだ腕に力を入れて動きを封じられた。

「すんなり信じてはくれないか」

「当たり前だろう。そもそも……」

言いかけて亮司は言葉を途切れさせた。背後からつんと袖を引かれたのだ。傍に翔太がいることを忘れていた。

「嘘じゃなかったんだ、兄ちゃん」

「いや、これはその……」

何をどう言っていいかわからないまま口籠もる。

そのときだった。まるで助け船のように、どやどやと皆が駆けつけてきた。

桜庭を始めとする今回のチームと、そして木村だ。

助かった、これで時間が稼げる、混乱を整理できると思い、どさくさに紛れて宮内の腕を振り払おうとした。

かなり本気で、フェイントも使って振り切ろうとしたのだが、かえって宮内の拘束力が強まっただけだった。

しかも無言のその攻防を制すると、間髪を入れず宮内がその場を仕切ってしまう。

「翔太、俺はこれから兄ちゃんを口説くから、おまえそいつを連れていって、みんなに説明しておいてくれないか。自白させてくれるともっと助かる」

「わかった。こっちは任せて。だから宮内さん、頑張ってね。それと絶対に兄ちゃんを幸せにしてよ」

やけに元気のいい声だ。さっきまで縛られて、殴られて泣いていたのに。

「もちろんだ。約束するとも」

翔太には力強く返しておいて、宮内は、こそっと囁いてきた。

「何かすることを与えておいた方が、翔太も恐怖を忘れていられる」

それもそうかと思ったときには、事態は宮内の言うとおり進んでいった。

「桜庭さん、兄ちゃんと宮内さんはちょっと立て込んでるから、こいつ、連れていって。説明はあとでするから」

と翔太がこいつと指差した森里を、戸惑った顔のまま桜庭たちが連れ出していく。最後に翔太がドアからひょいと顔を覗かせて、バイバイと手を振った。

残った木村には、宮内が指示を伝えている。スケジュール調整云々《うんぬん》と聞こえたから、予定を放り出してここまで駆けつけてきてくれたのだろう。

そういえば、もう少し翔太を叱っておくべきだった。勝手な行動をして、みんなを心配させたと。ま、桜庭が来ていたから、あいつがそのあたりもぴしりと言っておいてくれるだろう。

それより、なんで自分はここでぼうっと待っているのだろう。翔太や桜庭たちと帰ってもよかったのに。

たとえ、放さないと宮内に腕をしっかり掴まれていたとしても、本当に本気を出せば振り払ってしまえるはずだ。

なのにしなかった……。

どうしていいかわからず居心地が悪い。どくどくと高鳴る心臓の音が耳についてうるさかった。

木村が出ていくと、宮内はようやく亮司を振り向いた。

「俺たちも行こう」

「どこへ？」

「もちろん、俺の家だ」

腕を引っ張られ、宮内と歩きだす。当然のように従った自分が不思議だった。マンションの駐車場に乱暴に突っ込んであった車で宮内の自宅に向かう。

今さらながら緊張してきた。宮内から告げられた「好きだ」という言葉が、インパクトを持ってじわりと効いてきている。

「宮内さん、引き返してくれませんか？」

「なぜ？」

なぜと言われると困る。

「仕事が……」

曖昧に答えると、宮内はふっと笑った。

「君の方は翔太が説明してくれるし、俺の方も木村さんに指示しておいた。問題はない」

「いや、でも……」

自分でも歯切れが悪いと思いながら悪あがきしていると、横から宮内の腕が伸びてきて、膝に置いていた手をぎゅっと掴まれた。

「逃げるな。いい加減、観念しろよ。俺はもう覚悟を決めたぞ」

逃げるなと言われたのは心外だ。そんなことを言われる筋合いはない。自分は逃げてなどいない。そもそも恋人同士と言ったのはお芝居で、もともと宮内が好きだったわけではないのだ。

だったら嫌いか、と言われると、これまた困るのだが。

中途半端に気持ちを揺らしながら、亮司は唇を引き結ぶ。

自宅マンションの入り口で車を停めた宮内は、助手席から亮司を引っ張り出し、さっさと中に入っていく。あんなところに乗り捨ててどうするのかと思ったら、エントランスに入るなり黒服のスタッフに、当たり前のように鍵を渡している。

そうだった、ここはホテルのように、スタッフが常駐しているマンションだったと思い出した。

高速エレベーターが、最上階までノンストップで上がっていく。

「入って」

しっかり手首を握っていながら「入って」もないだろう、と思いながら、素直に中に入る。

靴を脱いでいると、ドアを閉め鍵をかけた宮内が、背後から抱き込んできた。

「ようやく二人になれた」

「車の中でも二人だったけど？」

「そういうことじゃないのはわかっているくせに」

わかっている。だが反射的に言葉が口を衝《つ》いて出てしまうのだ。なんというか、むずむずして落ち着かない。

「まあ、いい。こっちだ」

最初からベッドルームだったら冗談じゃないぞと思いながら連れていかれたのは、意外なことにリビングルームだった。

傍にいるのは落ち着かないので、窓に歩み寄る。

床から天井までの大きな窓は、最初に来たときもいいなと思っていた。下界が一望できる。

まだ明るさが残っているから、ミニチュアみたいな車が動いているし、道路を歩いている人間は、蟻みたいだ。

間もなく夕暮れとなり、闇に沈んでライトアップされたときは、どれほど美しい夜景が広がるだろう。

「この眺めが気に入って即決したんだ」

窓からの眺めに見入っていたら、宮内がグラスを差し出してきた。

「少しアルコールを入れた方が話しやすいかと思って」

氷を入れたグラスには、琥珀色というより金色に近い液体が少量注がれていた。ふわりと甘いこの香りは。

「バランタイン？」

「当たりだ。三十年もの。秘蔵の一本だ」

「また高い酒を」

嘗めるように味わってみると、まろやかな味が口中に広がる。仄かに甘く口当たりがいい。

「芳醇《ほうじゅん》、という言葉がぴったりだな」

「三十年寝かせた酒だからな。うまいだろう」

確かにと亮司は頷いた。宮内がグラスを揺らしながら、傍らに立った。

「好きだ」

そのものずばりでなんの工夫もない。宮内なら言葉を駆使した口説き文句を並べてくるかと思ったのに。

くすりと笑いが漏れた。

「何がおかしい？」

「おかしいというより、どうしてこんなことになっているのだろうと」

「君がキスをしてきたからだ」

グラスを揺らしながら、宮内が言った。

「最初は素直な翔太が可愛くて傍で愛でたいと思っただけだったのだが、次第にちょっかいをかける理由が君の反応を見たいがために変わっていた。なんなんだと自分でも首を傾げていたのだが、最初のキスでわかった」

亮司は、ちらりと宮内に視線を流す。

「あれは、翔太からあんたを引き離すための作戦だったことくらい、わかっていただろうに」

「わかっていても気持ちを持っていかれた。あのキスをもう一度じっくり味わいたいと思った時点で、墜ちていたのだろう」

「……だから、恋人だと俺が言ったことを否定しなかったんだな」

宮内が笑って頷いた。

「おいしい状況だったからな。芝居をしているせいで、こっちがアクションを起こさなくとも君は親密に傍に寄り添ってくれた。つまりは役得？」

なんと返していいか困って、亮司はグラスに口をつけた。馬鹿にするなと怒ってもいいのに、そんな気にはならない。それどころか、あのとき、このとき、宮内はそんな目でこちらを見ていたのかと思うと、心を擽られる。

「で、返事は？」

グラスを取り上げられた。宮内は自分のと一緒にそれを傍のテーブルに置くと、亮司の二の腕を掴んで正面に向き直らせる。

顎を持ち上げられ、否応なしに視線が合った。

宮内の瞳の奥に、ちらちらと燃える情欲の炎を見出して、亮司はごくりと喉を鳴らす。

顎を持ち上げていた指が喉にずれていく。触れるか触れないかの繊細なタッチで撫でられて、ぞくりとした。

受け入れるか拒絶するか、微妙な位置で揺れている亮司の気持ちを察しているかのように、宮内はゆっくりと愛撫の手を伸ばしていく。喉から項《うなじ》へ、耳朶《じだ》へ。少しかさついた指は撫でて通った跡に、小さな火種を残した。

「いいのか？」

そっと囁いて、宮内が顔を伏せてきた。唇が合わさって物憂く動かされると、痺れるような快感が湧き起こる。

今飲んでいたバランタインの味を相手の舌から感じ、自分も同じ味がしているはずだと思い至った。それだけで、燻っていた火種が一気に燃え上がる。

試すように触れてすぐに離れ、また戻ってきた唇が再び離れようとしたときには、無意識にこちらから追いかけていた。

くすりと笑われて我に返る。かっとして胸に手を当て押し退けようとしたら、より強い力で抱き寄せられた。

「愛している」

その言葉にびくりと震え、突っ張っていた腕から力が抜けた。

自分は彼が好きなのだろうか。

深いキスに誘われながら、亮司はまだ迷っている。

拒絶しようという気持ちが起こらないのだから、この行為を嫌がっていないのは確かだ。それどころか積極的に快感を受け入れている。

この先も恥ずかしい痴態を晒し、秘処を相手に委ねて、互いに情熱の限りを尽くすことになるのだろう。

そう思っても全く拒絶反応がない。むしろ悦楽への期待で喉が鳴る。

きっとこれが、好きだという気持ちなのだろう。あやふやながらも内心ではそれを認めかけているというのに。

口を衝いて出る言葉は可愛くない。

「試してみるだけだ」

そんな言葉でしか許容できない、素直になりきれない亮司を、宮内は寛大に受け入れる。

「それで充分。あとは追々」

ベッドルームに導かれた。ダブルサイズのベッドがでんと置かれている。

見ている間もなく、宮内の手が上着を脱がし、ネクタイの結び目を解く。緩めてするりと抜き取ると、床に落とした。シャツのボタンを次々に外されて、前を開かれる。

まだ薄い色の乳首を、宮内が撫でた。指で摘んで刺激を与え、芯を持って立ち上がるまで育てられる。

「あ、は……んっ」

そんなところを愛撫されたことなどないから、自分が変に甘い声を上げている自覚もない。

びりびりと感電したような刺激が胸から湧き起こり、全身に広がっていく。

腰が甘怠《あまだる》くなり、亮司自身が次第に力を持って勃ち上がり始めた。

ズボンのベルトを抜かれ、下着ごとすとんと脱がされてから背後のベッドに押し倒された。全裸で横たわると、心許ない思いがする。

目の前で宮内がばさばさと服を脱いでいた。

厚みのある筋肉に覆われた、見事な身体が現われる。男盛りの、充溢《じゅういつ》した肉体美だ。

覆い被さってきた宮内の重みを感じた途端、亮司はほっと安心する。目は逸らしていたが、すでに宮内の股間が昂《たかぶ》っているのを直に我が身で感じて、彼が本当に自分を欲しているのだと実感できたからだ。

宮内はじっくり亮司を味わうつもりのようだ。再びキスから始めて、亮司を高めていく。

唇を存分に攻略したあとは、喉や鎖骨を啄《ついば》まれた。

「……っ」

つきりと痛みを感じて眉を寄せると、今度は優しく嘗められる。嘗めたあとに、薄赤い所有の花が残された。

「痕、つけるな……、痛っ」

思わず詰ると、歯を立てられて呻いた。

「ほかにこの身体を見せる相手がいるのか。妬《や》くぞ」

言いながら強い視線で睨まれる。宮内の指は、返答次第ではもっといたぶるぞと言わんばかりに、噛み痕をつけた場所を撫でている。

それに屈したわけではないが、今さらいるとごまかすのも馬鹿らしくて、亮司はいないと正直に答えた。

「ならいい」

満足そうに笑いながら、宮内は噛んだところに唇を寄せ、優しく舌で嘗めた。

しばらく鎖骨から耳朶へと往復していた唇が、新たな攻撃場所へ移動していく。指でさんざん弄られた乳首は、今度は唇を押し当てられ、嘗められしゃぶられ舌で押し潰された。

そのあと歯で扱《しご》くようにされて、痛いと声を上げると、たちまち優しい愛撫に変じて、亮司は湧き起こる快感に身悶えるはめになった。

「んっ……く……っ。ぁ……やっ」

舌と唇で乳首を苛《いじ》めながら、宮内の手が下半身を目指す。下腹を掌で撫でてから、切なく勃ち上がっている昂りに、ようやく触れてきた。

幹の部分を握られて擦られると、無意識に腰が迫《せ》り上がる。なのに、押しつけようとするとさっと力を抜かれ、もどかしくて堪らない。

宮内の手が昂りの下の二つの膨らみを揉み始めた。その間、昂りは放り出されたままだ。乳首も、ぴんと突き立ったまま放置されている。

どちらも触ってほしいのに、なかなか思うような愛撫を得られないもどかしさに、亮司の中に怒りが湧き上がった。

自分から腰を持ち上げて宮内に擦りつけ、双珠を弄っていた手を取って自分自身に触れさせる。

「触って……」

しおらしく囁いて、快感で潤んだ目で見上げると、宮内の身体に震えが走るのがわかった。思い通りだ。唇の端を吊り上げて笑みを形作ると、宮内が苦笑する。

「焦《じ》らすなってか。これも快感を高めるための方法だと思うが」

「だったらあんたのも触らせろ。やられっぱなしは、性に合わないんだ。俺もあんたを焦らしてやるよ」

昂りから先走りが出るほど感じさせられていても、亮司はまだ強気で迫《せま》ることができた。抱かれるのはいいが、一方的に愛玩される立場には反発を感じる。

「わかった」

笑いながら宮内が体勢を変えた。にんまり笑って亮司は、濃い下生えの中にそそり立っている宮内の昂りに手を伸ばす。

「天国を見させてやるよ」

そう嘯《うそぶ》いて、躊躇《ためら》いも見せずに宮内の昂りに舌を這わせ、しゃぶりついた。口腔には収めきれないので、余った部分に手を這わせ、技巧を尽くしてイかせようとする。

別に競っているわけではない。こうして触っていると自然にそうしたくなったのだ。

「言ったな。同じ言葉を返すぞ」

宮内も亮司をイかせようと、熱心に愛撫を施してきた。昂りを口の中で転がしながら舌で先端を押し潰す。双珠を弄りながら、濡らした指で後孔《こうこう》を探った。

「狭いな。……痛いか？」

指一本を押し込んだあとで、こちらを労《いたわ》る言葉をかけてきた。

「痛い、というか、違和感？」

亮司もいったん愛撫を止め、息をついた。

「悪い。きついかもしれないが、挿《い》れたいんだ」

「駄目だとは言っていない」

ぷいと顔を背けて、亮司は再び目の前の宮内自身に舌を這わせた。先ほどと同じように熱心にしゃぶろうとするのだが、宮内のしていることに気を取られて、だんだんと動きが鈍くなる。

「あっ……」

中を探っていた宮内の手が触れたところにビリッと電流が走り、思わず高い声が飛び出した。

「ここか」

見つけたと言われて、今度はそこばかりを弄られる。

「あっ、あっ……や、……やめ」

前立腺があることくらい知っている。だが知識として持っていたのと実際にそこを弄られて感じるのとでは、天と地ほども違った。

喘《あえ》ぎ声など出したくないのに、断続的に口を衝いて出るのは、自分でも耳を塞ぎたくなるような、甘く濡れた声。

「いい声だ。ぞくぞくする」

などと言われて、喜べるものか。

しかし、宮内の指が二本三本と増えるうちには、もう相手を愛撫するどころではなくなって、ひたすら喘がされる羽目に陥っていた。

敏感な襞《ひだ》を、中で広げた指が刺激しては出入りしている。すると襞の方も反応してきゅっと窄《すぼ》まり、指を逃がすまいと喰《く》い締めるのだ。

「すごい締めつけだ」

「……っ、言うな」

意識してしているのではない自分の反応を、口にされるといたたまれない。

わかっているだろうに、宮内は言葉で責めるのをやめない。

「入り口は清楚な色をしているのに、中は真っ赤だ」

とか、

「物欲しそうに口を開いている」

など。

自覚があるからこそ恥ずかしい。

「もう、やめろ……っ」

悔しくて詰ったら、宮内がからかうような流し目で揶揄してきた。

「だが、言うたびに感じているじゃないか」

思わず、宮内の腹を突いていた。

「痛い」

にやけた声で言って、宮内が半身を起こした。その顔を睨みつける。

「焦らさないでさっさとしろ」

「了解」

宮内の笑った顔が、真剣になった。

「まだ、痛いかもしれないが」

その言葉で宮内が、こちらをリラックスさせるために、わざとやっていたことだとわかる。確かに、感じていながらもなかなか身体を開けなくて、中の襞は解れても入り口は頑なに拒んでいた。

亮司は「いいから」と宮内に手を伸ばして引き寄せる。

「できるだけ、気をつける」

身体を倒してキスをすると、宮内は真剣な顔で亮司の足を持ち上げた。

「本当は後ろからの方が衝撃は少ないと聞いたんだが、最初は顔を見て挿れたいから」

「もう喋るな」

背中を一つゴンと叩いてやる。宮内が笑ったようだ。ようだというのは、目を合わせていられなくて宮内の肩に顔を伏せていたからだ。

さんざん解されていくらかは緩んでいる窄まりに、宮内が熱を押しつけてくる。圧倒的な質量が侵入してきた。入り口を広げられる激痛に、亮司は唇を噛んで耐える。

「歯を食い縛るんじゃなくて、息をしろ。リラックスだ。ここだけ抜ければあとは楽だから」

身体のあちこちを優しく撫でられた。乳首を摘まれ昂りを擦られる。少しずつ、快感が戻ってきた。それが次第に痛みを凌駕《りょうが》していき、ある瞬間、すとんと宮内の昂りが身の内に収まった気がした。

「入ったぞ」

同時に声をかけられて、

「本当に？」

と見上げたら、手を掴まれて結合部に触れさせられた。

「何する……」

慌てて手を引こうとしたのに、宮内は指先をしっかりと掴んでいて逃がしてくれない。

「な、健気に広がって俺を受け入れてくれているだろ」

それどころかしみじみとそんなことを言われて、引こうとしていた手から力が抜けた。

確かにあの小さな入り口が、こんなに広がって受け入れていると思えば感慨もひとしおだ。

好きかどうかなんて、こんなことができる時点で考えるまでもなかった。

その後、亮司の腰をしっかりと掴まえ直した宮内が、ゆっくりと動き始める。中を摩擦されて、最初の違和感が痺れるような快感に変わっていった。

硬い熱が内壁を行き来している。所々で止まっては小刻みに動かされ、思わぬ場所が快楽のツボに繋がった。自分でも無意識のまま追いすがり、一番悦い場所に相手を引き止める。小刻みに揺らされると、脳天まで快楽が突き抜けた。

「あ、いい……、そこ、もっと。んっ……んん……っ」

陶然とした艶声《えんせい》が止めどなく零れ落ちる。自分でも止めようがない。

淫らな水音が、ひっきりなしに聞こえていた。宮内が零す先走りで内壁が濡れ、抽挿の度に音がするのだ。滑りを纏った粘膜が宮内自身を包み込み、放すまいと引き絞る。

「う……っ」

それが宮内の快感を呼んだのか、深い呻きが聞こえてきた。脳裏が喜悦の声で沸き返る。感じるだけでなく感じさせたのだから。

そうして一度悦楽を覚えた身体は、どこまでも素直に快感を追いかけていった。どこを突かれても何をされても悦くて、宮内にしがみついて絶頂まで駆け上がろうとする。そのくせ心地よいこの状態を終わらせたくない気持ちもあって、抽挿に抗おうと身悶えるのだ。

「動く……な、このまま……、ああっ」

宮内を掻き抱き止めようとしたのに、彼がそれに従うはずもなく、さらに強く腰を揺さぶってくる。最奥を突いたあと、ぎりぎりまで引き下がり、次の瞬間さらに奥深くに侵入された。

身体が熱い。息が苦しい。汗で濡れた身体は真珠のような光沢を帯びて、艶めかしく身をくねらせる。悦を貪るその痴態が、ますます宮内を煽っているようだ。

宮内の力強い抽挿に、いつの間にかリズムを合わせている。なるべくイくのを遅らせたいと願ったにもかかわらず、彼に引きずられていた。遠ざけたかった頂きが見えてくる。

「ああ、イヤ、だ。もっと……、このまま……」

「何度でも連れて行ってやるさ。だから、今はイけ」

「何度でも……？」

快感の余り重くなった瞼をなんとか開き、宮内を見る。

「ああ。互いに満足するまで何度でも。だから……」

一緒にイこうと唆《そそのか》され、亮司は抵抗を止めて快楽にその身を委ねた。深く互いを貪り合い、熱が出口を求めて身体中を駆け巡る。

「イく！」

宮内の背に爪を立てて腰を持ち上げ、一番深い場所に相手を受け入れたとき、亮司は絶頂に押し上げられた。中にこもっていた熱が一斉に解き放たれる。

その途中で、宮内が息を呑んだ気配を感じた。しかしすぐに宮内自身も亮司の遂情《すいじょう》に巻き込まれていく。

亮司の内部に、宮内の放出したものが溢れた。その状態で何度も中を掻き回され、ねちゃねちゃと耳を塞ぎたいような水音が耳に届く。

息も絶え絶えに喘いでいると、宮内が白身を引き抜いて、頭に手を置いて撫でてきた。

「どうだったと聞くまでもないか」

亮司は唇を閉ざし目を伏せていたが、頭から生えた尖った獣耳に宮内が触れるのを拒まなかった。そして言葉よりも雄弁な長い尻尾をひゅっと振って、宮内の身体に寄り添わせる。

『本当に気を許していて、理性が働かなくなるくらい気持ちいいときには、耳や尻尾が出る』

以前翔太が言った言葉が、脳裏を過る。

確かにその通りだ。自分は随分長い間、耳も尻尾も出すことがなかった。その自分が、気持ちを通わせ合い、何も隠さず真摯な付き合いをする相手を見つけるなんて。

「擽ったい」

宮内が言って、自分の素肌を撫でていた亮司の尻尾を掴むと、しみじみと眺める。

そんな真似をこの自分が許していることが特別なのだと、宮内はわかっているのだろうか。

ま、わからなくてもいいが。

口許を緩ませながら、亮司は頭上に突き立った繊細な耳を、ピクピクと動かした。

宮内は飽きもせず尻尾を撫で、耳に触れる。

「夢のようだ。君のこれに触っているなんて。翔太のは柔らかくて愛らしくてひたすら可愛いだけだったが、君の耳はきりっとしていて、尻尾はしゅっとしていてどちらもかっこいい。同じ種族でも違うんだな」

「人間だって硬い髪や柔らかい髪があるだろ。ただの個性だよ」

「そうか。うん、俺は君の方が好みだ。翔太のは愛でたいだけだが、君のは弄り回したい」

言葉通り宮内は楽しそうに撫でつけたり梳いてみたりしていたが、互いの息が整い始めると亮司の猫耳と尻尾は、するすると引っ込んでしまった。

「ええっ、もうおしまいか。もう少し触っていたい……」

未練がましく頭や尻を撫でる宮内の手を、亮司は鬱陶しそうに振り払う。そしてさっさと起き上がると、裸体を隠そうともせずバスルームに向かった。

「シャワーを借りる。早く戻らないと向こうも処理に困るだろう」

言いながら、こちらの状況を察しているだろう翔太や桜庭と顔を合わせることを思って嘆息した。今さらだが。本当に嫌なら、宮内を押し退けるくらいは簡単にできたのだ。それをしなかったのだから、口ではなんと言おうと、自分も宮内のことを憎からず想っていることはばればれだ。

よし、何か言われたらしれっと受け流そう。

きりっと表情を引き締めて、そんなしようもない決意をする。

引き締まったしなやかな身体に湯を浴びていると、逞《たくま》しい身体が後ろから抱き締めてきた。

入ってくるのは察していたが、一緒にシャワーを浴びれば時間短縮になると拒絶しないでおいたのに。何をする気だ、こいつは。

「なんですぐに消えるんだ、これ」

宮内は、急いで浴びるというこちらの思惑を無視して、耳があった辺りを撫で回す。さらには腰にも手を伸ばしてきた。

「なんで消えたかと言われても、気持ちイイのが終わったからとしか言えないな」

「じゃもう一度気持ちイイのを……」

背後から猛《たけ》った自身を押しつけてくる宮内に、亮司は眉を寄せてくるりと向き直る。亮司自身も緩やかに勃ち上がりかけていたが、今それ以上高める気はない。

互いのモノがぐりっと触れ合うと、宮内が欲望に陰った目で見下ろしてきた。そんな宮内の意思と腕を、亮司はするりと擦り抜ける。

「今はそんなときじゃないだろう。仕事が中途半端なままだ」

手をぱしっとはたき落とすと、宮内がむっとした顔になる。

「つれないなあ。気持ちが通じ合ったあとだぞ。少しくらいは余韻があってもいいだろう」

「余韻？　そんなものあるか。翔太たちは俺たちが何をしているか知っているんだぞ。……それはまあ確かにさっきは俺も流されたが。今はまずやりかけた仕事の後始末！」

「わかった。つまり、そのあとでゆっくりと、ということだな」

「な……っ」

ぴしっと言ってやったつもりだったのに、宮内の返事に亮司はぴきっと固まった。確かにあとの情事を誘った言葉に取れないこともない。

「そんなことは言ってない。とにかく、行くからな」

慌てて宮内の言葉を否定すると、亮司は急いで脱衣所に出た。

裸のまま何を言い合っているのか。全く。宮内と対すると、無意味に突っ張ってしまう自分もどうかと思う。確かに気持ちが通じ合った直後なのだから、少しは素直になればいいのだが。無理だ。

考えた直後に亮司は首を振る。自分の性分が、簡単に変わるはずがない。宮内もそれはわかっているだろう。なんとなく掌で踊らされている気もするが……。いやいやいくらなんでもそこまでは。

新しい下着が出してあったので、遠慮なく使わせてもらう。深呼吸して気持ちを落ち着けていると、宮内が出てきた。

いい身体をしている。スーツを着ていると着やせして見えるが、実はきちんと鍛えられた身体だ。仕事の合間にジムに通ったりしているのだろう。身長はそれほど違わないし、仕事柄必要な筋肉は亮司にもあるが、並ぶと見劣りする。そこが少しばかり悔しい。

桜庭に連絡を取ると、森里を会社に連れていっていろいろ白状させたらしい。

『彼をどうするか、宮内さんから指示が欲しい』

「わかった。すぐそちらに向かう」

『え？　指示をもらうだけで……』

「だからすぐ行くと言っている」

電話を切り、宮内を見る。

「そういうことなので、行こう」

「行くのか……？」

亮司がそう促すと、宮内は微妙な顔をする。

「なんだ？」

「いや。俺は木村に任せたから別にいかなくてもいいんだが。……君の方で指示がいるというなら行くか」

宮内はそう言ってからじっと亮司の顔を見て嘆息する。

「どちらかというとその色っぽい顔を見せたくはないんだ。ま、所有権を主張しておくのもありか」

ぶつぶつ言っているが、耳のいい亮司にはハッキリ全部聞こえている。

ただ、なんのことか、意味がわからなかった。

首を傾げながら車で移動して亮司の会社に着く。

会議室の一つに皆が集まっていた。森里は監視をつけて隣室で待たせているとのこと。警察に知らせるか内々で済ませるかと脅すと「内々で済ませてほしい」とすらすらと吐いたそうだ。

二人で入って行くと全員の目が向けられ、目が合った端からすっと視線を逸らされる。亮司は眉を寄せた。なんだ、この反応は。指示がいると言うから来たのに。

「電話で指示してくれればいいと言ったつもりなんだが」

桜庭が苦笑して言った。

「はあ？」

「亮司、俺たちは気配にも匂いにも敏感なんだ。そんな状態で来るべきじゃないだろ。翔太も困っている」

桜庭が翔太を見ろと顎をしゃくった。そんな状態？　翔太が困る？

桜庭に示されて翔太を見ると、ちらちらとこちらを見ながらぽうっと頬を赤らめていた。わからない。どうしたというのか。

しかし宮内にはわかっているようだ。

「すまんな。やはり止めるべきだった。すぐに引き揚げる」

頷いて亮司の側に歩み寄り、向きを変えさせると、入って来たばかりのドアに押しやる。

「ちょ……、何を」

「いいから戻ろう。あとで説明する」

亮司にそう言ったあと、宮内は桜庭に言った。

「木村には言ってあるから、連絡すれば弁護士を連れて来るはずだ。森里は解雇。ただし、表沙汰にはしたくないから、示談で話をまとめるつもりだ」

「わかりました。そのようにします」

宮内に背中を押されてドアの外に押し出された亮司は、なんなんだと元の部屋に戻ろうとしたが、肩に腕を回されて止められる。

「翔太もごめんね。でも君の兄ちゃんは俺が幸せにするから」

赤い顔をしてこくこくと頷く翔太に手を振り、宮内がパタンとドアを閉めた。

さすがに亮司も我慢できず、振り向いて宮内に文句を言う。

「なんのつもりだ！」

説明しろと激高するが、宮内にいなされ鏡の前に連れていかれた。

「自分の顔を見てみろ」

「顔？」

言われるままにするのはしゃくに障るが、亮司は目の前の鏡を覗き込む。

「な……、これ、は」

ようやく亮司も理解した。

そこに映っていたのは艶めかしく色づいた顔。普段の硬質な、研ぎ澄ましたような顔ではなく、どこか甘く爛熟《らんじゅく》した気配。

「……これ、俺なのか?」

無意識に鏡の中の自分に手を当てた。

「幸せな情事のあとの、充足した色っぽい顔だよ。独り占めしたかったんだがなあ。君が行くと言うから。君の部下に不埒な考えを持つ者がいなければいいが」

「……いるわけがない」

不機嫌な顔で吐き捨てたが、自分が不覚だったことはわかった。

あの場にいたのは一族の者たちばかり。桜庭配下の精鋭たちだ。いくらシャワーを浴びていても、情事の匂いまでは消せない。しかも蕩けたこの顔。翔太が赤くなるのももっともだ。兄のそんな顔など見たくもないだろう。見せたくもなかったが。

鏡を拳でゴツンと叩き、亮司はがっくりと項垂れた。

「さて、理解してもらったようだから帰ろう」

帰ろうというのはこの場を離れることだ。居たたまれない気持ちでいた亮司は、促されるまま宮内と車に乗り込んだ。

連れてこられたのは宮内のマンションだった。自宅に送ってくれるんじゃないのかと一瞬だけ考えたが、逆らうのも面倒で宮内と一緒に彼の部屋に入っていく。

ここまで来て逆らう気分ではない。部屋に入ると苛立ちを籠めて宣言した。

「風呂に入りたい。こんなふやけた顔をしていたなんて、自分で自分が許せない。徹底的に洗い流す！」

宮内は僅かに眉を寄せたが、仕方なさそうに嘆息して頷いた。

「いいとも。ゆっくり入ってくるといい」

亮司は足を踏み鳴らす勢いで、バスルームに向かう。とにかく今の自分を綺麗にしたい、蕩けた顔を晒してしまった自分を消し去りたかった。その一心で、湯を溜めたバスタブに足を踏み入れる。

湯はそのまま流すつもりだったので、タオルを持ち込み無心に身体を擦った。秘処の辺りは特に念入りに。思い切って指を突っ込んだそこは、一応は閉じていたものの中はまだ柔らかく綻んでいた。

「これじゃあ匂いがするわけだ」

ここに入っていた宮内の猛りでいいように喘がされたことを思い出し、ぶるっと震える。

「考えるなっ。洗い流して忘れるつもりが、また欲情してどうする」

「忘れる？　それは許せないな」

独り言のつもりだったのに返事が来て、はっと顔を上げた。宮内が不機嫌な顔をして立っていた。

来たのに気がつかなかったとは。まさに不覚。油断しすぎだ。

「君にとって先ほどのことは、すべて洗って流してしまいたいことなのか。心外だな。俺にとっては恋人同士の睦み合いで、貶《おとし》めるような行為をしたつもりはないのだが。……残念だ」

低い怒気を孕《はら》んだ声に、しまったと亮司は内心で焦る。

一緒に入ろうと考えてきたのだろう、全裸の宮内が、くるりと背を向けた。そのまま出て行こうとする姿を見て、狼狽する。

傷つける気はなかった。あれは亮司にとっても満足のいく、魅力的な交歓だった。自分はただ、情事の気配をまとったまま仕事場に出向いてしまったことが許せなかっただけだ。決して宮内を否定したり貶めるつもりはない。

「違っ……」

「まだ好きとは言ってもらってないからな。俺が恋人と言っても、一方通行で虚しいだけか」

「そうじゃない。待てよ、宮内さん」

亮司は慌てて立ち上がる。バスタブの湯が大きく揺れた。宮内は足を止めたが、振り返らない。ただぼそっと呟いた。

「晴樹だ、俺の名前は宮内晴樹」

「知ってる」

「だったら呼べよ」

なんでと言いかけて、急いで口を閉じる。それを言ったら、宮内は今度こそ行ってしまうという危機感があった。

「晴樹」

「……なんだ」

返事をした宮内は、待っている。まだ振り向こうとはしない。広い背中が、亮司を拒絶しているように見えた。だがなんと言ったらいいのかわからない。口を開けたり閉じたりしていると、宮内の方から水を向けてくれた。

「洗い流したいほど嫌だったのだろう？」

「違う。洗い流そうとしたのは、つまり……」

あれ？　自分は何を洗おうとしたのか。情事の痕跡をだ。しかしすでに宮内の部屋にいる。

洗う必要があるのか、いや、ない。それどころか、恋人同士なら、痕跡はあってしかるべき、いや、あるべきではないのか。それを自分は洗って消すと言ったも同然。

さあっと血の気が引いていく。こんな大失言、もし自分だったら一発かまして相手を捨てている。

「違うんだ、宮内さん……」

「晴樹」

「晴樹。つまり、あれはただの独り言で、悪気はなかった」

「でも恋人ではないんだろ。確かさっきも、俺が愛していると言ったのに、試してみるだけと答えたよな」

詰るような低い声に宮内の傷ついた心を感じて、亮司は口籠もる。

「それは……」

「やはり、俺の片思いか。受け入れてくれたと思ったのに。……本当に残念だ」

宮内が行ってしまう。追いつめられた亮司は、思わず口走っていた。

「ちゃんと受け入れただろう！　耳と尻尾が出るくらいに。俺たちの一族では、自分の耳や尻尾を見せるのは家族か恋人しかいない」

「それはつまり、君も俺のことを恋人だと思ってくれているのか」

聞こえるか聞こえないかの小声でも、亮司にはちゃんと聞き取れる。だからすぐに頷いたが、背中を向けたままの宮内には見えないと気がつき、急いで声に出して答えた。

「そうだ。俺もちゃんと愛している。さもなければ、抱き合ったりしない」

言った途端にぱっと宮内が振り向いた。満面の笑顔だ。

「そうか！」

笑顔のまま宮内が、ぎゅっと抱きしめてくる。

「な……っ、騙したのか」

「違う」

宮内はさっと亮司を抱え上げバスタブに足を入れると、座り込んで亮司を膝に乗せ抱き締めた。怒りでわなわなと震えていた亮司が、抵抗を思いつく前の早業だった。

背後から抱き締められ、項に顔を埋められる。

「騙してなどいない。挑発したのは確かだが、俺も不安だったのだ。互いにいい大人だ。感情抜きで抱き合うことなんて簡単だ。一夜の過ちと言われたら、立ち直れない。だから君の言葉が欲しかった。嫌なことだったと言わんばかりに、洗い流すと告げられたからな」

耳許で訴えられ、瞬間的に燃え上がった怒りが消えていく。

「それは、俺も悪かった。尻尾や耳が出たから、俺の気持ちは伝わっていると思っていた」

「それでもだ。言葉がないと人は不安になる」

「あんたでも？」

「俺でもだ」

首を曲げて宮内を見ながら聞くと、大きく頷かれた。

「そもそも俺は恋人の態度に一喜一憂する、ただの、普通の、恋する男だぞ」

ただのと普通のを強調する宮内に、亮司は苦笑する。

「ずいぶん自信満々に見えたけどな」

「虚勢を張っていただけだ」

言いながら宮内は亮司の背に胸を押しつけた。とくとくとかなり速い速度で鼓動を刻んでいることを知り、亮司は口許を緩める。

「ところで、そろそろ始めてもいいだろうか」

さすがに亮司もここで「何を？」とは言わない。代わりに少し身体を捩って、宮内に自ら口づけた。

「俺たちは言葉より、身体で気持ちを伝えた方が伝わりやすいようだ」

軽く何度か唇を触れ合わせながらそう言うと、宮内の顔が期待に輝いた。

「ではまた尻尾と耳が……？」

「それはあんたの頑張り次第だな」

挑発の言葉を投げてから、果敢に深いキスに誘い込む。

「仰せのままに」

賛同した宮内が、その挑戦に答えるべく亮司を抱え上げて身体の向きを変えさせた。ばしゃばしゃと湯が揺れる。

正面から抱き合って、改めて唇を重ねた。舌を絡め合い吸い合い、溢れそうな唾液を交換する。こくんと飲み込むと、甘い。そう感じるのは、自分の感情が高まっているからか。

舌の裏側を嘗められ、歯列をなぞられる。ぞくぞくと、痺れのようなものが背筋を上下した。気持ちいい。

角度を変えて何度も口づけ合っている間に、宮内の手が背中を撫で、腰まで滑り降りた。敏感な部分に指が触れる。亮司は僅かに腰を浮かし、その指を自身の秘処に導いた。

指が秘められた場所に入ってくる。

「柔らかい」

宮内が嬉しそうに言いながら、奥まで指を入れてぐにぐにと動かした。

「んっ、あっ……、もっと、奥」

ゆらりと腰を動かして指を気持ちいい場所に誘導しようとしたが、宮内に苦笑されてしまう。

「指が届くのはここまでだ」

「だったら挿れてほしい、これをここに」

中をくじられて快美に潤んだ瞳で宮内を促す。これを、で宮内の昂りを掴み取り、ここに、で自身の秘めやかな場所を示す。逞しい宮内の身体がぶるっと震えた。掴み取った宮内の昂りから、とくりと蜜液が溢れ出る。

「……っ。誘うのが上手《うま》すぎるぞ」

詰るように言われて、亮司はにいっと唇を吊り上げて妖艶に笑った。

「大人同士だからな。誘う術《すべ》も誘われる術も、心得ているのは当然だろ」

「言ったな」

宮内が受けて立つとばかり乱暴に指を引き抜くと、腰を持ち上げて口を開けつつある蕾《つぼみ》に押し当てた。

「……まだ、きついかもしれない」

解していないからと気遣う宮内に笑いかけ、亮司は自ら勢いよく腰を落とした。

「ちょ……っ、無理するな」

「無理、じゃ、ない。さっきのが、残っている」

そう言いはしたが、確かに少しばかり無理はした。中は先ほど開かれたから柔らかく綻んではいたが、入り口はさすがにきつく、苦痛に眉を寄せる。

「動くなよ」

亮司が制するまでもなく、宮内は動かない。腰を支えていた手を上げて、亮司の額に浮いていた汗を拭い、気遣うように覗き込む。

だが、呑み込んでしまえば馴染むのは早い。中が蠢き出し、苦痛が軽減していく。大きく息を吸って吐き、亮司は宮内を見た。

「もう大丈夫だ」

そう言って笑いながら腰を揺らした。呑み込んだ宮内のモノが内壁に当たる。それをぎゅっと絞り込んだ。そのまま腰を少しだけ上下させる。

「くっ……、ふうぅ」

内壁で締め上げたとき微かに呻き声を上げたあと、宮内は満足そうな息を吐いた。

「いい、気持ちいい」

「俺もだ。あんたのはちょうどいいところに当たる」

積極的に腰を動かして悦楽を得ていた亮司の腰をぐっと掴んだ宮内は、にやりと笑いかけ、そのあと激しく揺さぶってきた。湯が激しく揺れ、周囲に飛び散る。緩くじわりと広がっていた快感が、一気に高められていった。

「あ、そこ、もっと……っ。ああっ」

自分のリズムとは違うので、予期せぬ時に予期せぬ場所に快楽の灯が点る。喘ぎながら亮司は上り詰めていく。

宮内は腰を揺すり、上下に動かし、さらにグラインドを繰り返した。そのたびに亮司は与えられる快美に酔う。

内壁の粘膜が喜んでいた。亮司が意識しなくても勝手に綻んでは締め上げ、また綻んではきつく締まる。その度に宮内の昂りは絶妙の締め付けを得て、悦楽を満喫しているようだ。何度か彼の深い呻き声を聞いた。

宮内の逞しい腰が、疲れ知らずの力強い抽挿を繰り返す。太い幹は亮司の泣き所をことごとく刺激し、弱みを見逃さない。そのたびに深い悦楽に突き落とされるのだ。

それなのに、頂点に達するために階《きざはし》を駆け上がろうとすると、それまでのリズムをいきなり崩される。強い刺激ではなくやんわりと小刻みに動くことで、絶頂の手前でじりじりと炙《あぶ》られ続けた。

「いい加減に、イかせろ……っ」

じれた亮司は宮内の身体をがしっと掴むと、自ら勢いをつけて腰を突き出す。深い場所に宮内を感じた次の瞬間、亮司は艶声を上げて達した。

「イく、イくっ」

「ちっ、やられたな。俺もイくぞ」

激しく突き上げられ、イったはずなのにさらにその先へ追いやられる。ぎゅっと一際強く宮内のモノを絞り上げると、宮内も深い呻き声を残して内側の粘膜に飛沫《ひまつ》を放った。

はあはあと喘ぎながら息を整えていく。

「……出ないな」

残念そうに宮内が言って頭を撫でた。

「湯の中では出さないさ。あとで乾かすのが面倒だからな」

むずむずして出そうにはなったが、なんとか出さずに済んだ。

「俺がドライヤーで乾かしてやるのに」

「……馬鹿」

猫耳や尻尾の話が、甘い睦言になっている。

「そうか、ベッドならいいんだな」

気がついた宮内が亮司を抱えたまま立ち上がる。

「ちょっ……、無茶するな」

宮内のモノはまだ亮司の中に入っているのだ。そのまま抱え上げられ、落ちそうになり、慌てて宮内の首に腕を回した。濡れて滑りやすくなっている肌は、ただ掴まっただけでは危うい。しがみつくしかなくてそうしたら、宮内はにやりと笑いながらバスルームを出た。

なんという膂力《りょりょく》か。見た目は細身でも、亮司にはしっかりした筋肉があって、体重は決して軽くない。それを抱え上げたまま運んでいくなんて。

途中でバスタオルを鷲掴みにした宮内はベッドにそれを放り投げ、まず自分が腰を下ろしてからゆっくりと向きを変え、自身を抜き取ってから亮司を押し倒した。

ここで抜くなら、バスルームで抜いてもよかったのではと思う。無茶しやがって。

「おや？　心臓がどきどきいっているぞ」

「……落とされるかと思ったからだ」

つい憎まれ口を叩くのは、照れ隠しだ。本当はこのシチュエーションすべてにときめいていた。だがそれを言うと乙女みたいで、きもい。自分はそれなりに年のいった成熟した男なのだ。

こちらの気持ちを察しているのかいないのか。宮内はうっすら笑うだけで突っ込まない。なんか、居たたまれなかった。微妙に視線を逸らしていると、

「待っているんだが」

と期待に満ちた目で見下ろされ、雰囲気を変えるのにちょうどいいかと、引っ込めていた耳と尻尾を解放する。

「おおっ」

感嘆の声を漏らし、宮内が頭に生えた耳に触れる。

「これこれ、これだよ。うん、いいな」

猫耳に生えた獣毛を弄りながら、宮内は満足そうだ。

「きりっとしていて精悍、でも柔らかい。触れると敏感にぴくぴくする」

そこで言葉を切り、にやにやしながら亮司を見る。

「感情が素直に現われるところもいい。……今のこれは、気持ちいいだろ？」

見透かされたみたいでむっとして、引っ込めようとした機先を制される。

「俺にとっての至福だ」

蕩けるような眼差しを向けられ、居たたまれなくて口を開く。

「翔太のを愛でていたんじゃないか？

「確かに。招待にはいつまでも可愛いままでいてほしいが、それではいけないんだろうな」

言いたいことは理解できる。亮司も、翔太はあのままでいてほしいと思っているからだ。だがそれでは、人間社会で生きていくのはとても大変になる。翔太のためを考えるなら、ちゃんと成熟することを願うべきと日々自らに言い聞かせているのだ。

宮内は指で何度も耳を撫でてから、今度は尻尾に目を向けた。無造作に伸ばした手でむんずと掴まれる。亮司はシュッと尻尾を抜き取ると、抜いた尻尾でパシンとその手を叩いた。

「痛っ」

「敏感な器官なんだ。丁寧に扱え」

「や、すまん」

素直に謝った宮内が、そうっと触れてくる。付け根から先端までゆっくりと撫でて、ときおり獣毛を堪能するかのように掻いたりつついたり抓《つま》んだりしながら、何度も撫で下ろす。丁寧にしているのはわかるが、それがかえってぞくぞくする感覚を呼び覚まして、困ったことになった。

「あ、勃ってる」

楽しそうに呟かれた宮内の言葉に、一瞬で羞恥に包まれた亮司はかあっと赤くなる。ぱっと宮内の指から尻尾を引き抜くと、ばしばしと遠慮なく打ち据えた。

「ちょ……、痛い、痛い」

頭と言わず顔も胸も腹も、鞭《むち》のようにしなる尻尾に容赦なく襲われて、宮内が降参と手を挙げる。

「そこはスルーすべきだろう」

ぎんと尖った目で睨むと、宮内はばつの悪そうな顔をした。

「……性感帯なのか？」

「まあ、ある意味」

しぶしぶ認めると、再び尻尾に手を伸ばす宮内を胡乱《うろん》な目で見る。

「触るなよ。感じてしまうから」

「いや、もう少し堪能させてくれ。責任は取るから」

何を言っているんだかと呆れた目で見る間にも、宮内は尻尾に触れ、耳に触れた。こっちを気遣って優しくしているのはわかるが、それがかえって性感を掻き立てる。

「ふっ、う……っ」

熱い吐息を漏らし、半眼にした目はとろりと熱に潤み、それが宮内の情動を激しく揺さぶったようだ。その証拠に、尻尾と耳から手を離すと、がばっと掻き抱いてきた。

「我慢できない」

呻くように言うと、腰を持ち上げ秘孔に凸を挿入してきた。

「あっ」

いきなりだったので、亮司は仰け反って嬌声を上げた。痛みはなくても、衝撃はある。しかも待ったなしで腰を揺さぶられ、興奮のただ中へ叩き込まれた。尻尾で宮内を叩いて抗議したが、その尻尾まで愛撫の対象のされる。

根元から先まで掌で何度も扱かれ、付け根の辺りから快感が背筋を駆け上がった。

「あっ、あ……、やっ、触る……なっ」

「なぜ？　君も気持ちよさそうだ」

息を荒げ腰を揺さぶりながら、宮内が楽しそうに言う。

「それ、は……っ」

抗う言葉を告げようとしたのに、宮内がはむっと耳を噛んできたので、息を呑んだ。甘噛みされ舌で耳許を擽られる。全身が震えた。尻尾の付け根も耳の付け根も性感帯。そんなふうに触れられると、何も考えられなくなって快感に呑み込まれてしまう。

潤んだ瞳でなんとか睨もうとするがそれは逆効果のようで、情欲に陰った目で亮司を見下ろした宮内が、さらにスピードを上げて揺さぶってくる。

「堪らない……」

強い眼差しが亮司のみを見据え、煽り立ててきた。高まった熱に亮司も呑み込まれる。この世界に存在するのは自分と宮内のみ。ひたすら二人の世界を構築し味わい堪能した。

出して挿れて、グラインドして、また奥まで挿れて、ぎりぎりまで引き出す。

抽挿を繰り返せば、再び絶頂が見えてくる。喘ぎながら宮内の動きに合わせ、亮司は彼の身体に手を伸ばす。強く抱きつきながら、熱く欲情した眼差しで見つめ合い、達した。

今度は宮内が少し早くて、中に熱い奔流《ほんりゅう》を浴びた亮司が、それに引き摺られてイった。

さすがに続けざまの遂情で力を使い果たした亮司は、シーツの波にくたりと埋もれる。どこにも力が入らない。もうこのまま休みたいと思ったのに、宮内はまだ物足りないようだ。挿れたまま亮司の身体をくるりと返して俯《うつぶ》せにさせると、再び腰を動かし始めた。

「ちっ、無茶ばかりする」

亮司が舌打ちしたのも無理はない。もちろん蕩けきったそこは、その刺激も快感に昇華して亮司の悦楽をさらに深くしていったのだが。

それから何度挑まれたのか。尻尾も耳も生やしたまま、亮司は出すモノがなくなってドライでイくという境地にまで追い込まれた。

気持ちはよかった。今も身体がじんじん痺れている。確かにそれは認める。しかしたいして違わないと思った体力にこれほど差があり、自分がくたくたなのに宮内の方はしれっとしているのを見ると、悔しい。

息を整えた宮内は、再び耳と尻尾をいじくってにんまりしていた。よほど気に入ったらしい。

亮司も内心でため息を零しながら、諦めて好きにさせる。

その代わり起きたらあれもさせようこれもさせようと心に誓った。なぜなら、こうなったのは宮内のせいではないか。だからせいぜい下僕としてこき使ってやる。

まさか宮内が、嬉々として下僕《げぼく》を務めるとは、このときの亮司は思いもしなかった。

あとがき

初めましてこんにちは。

コロナ禍の中、台風も度々やってきて悩ましい昨今です。少しでも癒やしになればと、ケモ耳尻尾のお話をお届けします。

初出は雑誌掲載でした。雑誌というのは、最後に一度ラブなシーンが入ればOKだったので（もちろん多いのは可）文庫化の時はそのシーンがやや不足ですと、担当様から指摘されました。なので、ラブなシーンを大増量（当社比）するために頑張りましたよ。ストーリーの流れがあるのでなかなか難しかったのですが、やりきった感があります！　雑誌を読んだ方にも満足していただけるのではないでしょうか。

さてこのお話、最初にプロットを立てたとき（雑誌掲載時）、翔太が兄で亮司が弟でした。しっかり者のブラコン弟が可愛い兄を守る、みたいなお話でしたが、なんとなく不自然な気がして書き直しました。だって素直に亮司を兄にした方が収まりがいいではありませんか。おかげで翔太はますます可愛くなり、亮司はかっこよく（ケモ耳尻尾部分は可愛く）なったように思います。当初翔太にしか向けられなかったデレな部分が、果たして恋人に向けられるのかと、けっこうはらはらはしましたけど（笑）。

イラストは香坂《こうさか》あきほ先生に描いていただきました。以前にも組ませていただいたことがあり期待していたところ、本当に素敵なラフをいただきました。翔太は可愛いし亮司は凛々しくて、宮内はイケメンに！　香坂先生、ありがとうございました。このあともよろしくお願いします。

担当様、いつもたくさんの助言や励まし、ありがとうございます。おかげで躓きながらもまだ書いていられます。これからもよろしくお願いします。

最後に手に取って下さった皆様、雑誌掲載のあと同人誌にもしたお話ですが、かなり改稿してラブなシーンも（大）増量しましたので、楽しく読んでいただけることを願っています。

明けない夜はないと思うので、コロナ禍もそれ以外の禍も乗り越えていきましょう！

それではまた。どこかでお会いできますように。

橘《たちばな》かおる

カクテルキス文庫

Cocktail Kiss Label

好評発売中!!

◆火崎 勇

ランドリーランドリー　有馬かつみ 画　本体685円＋税

夕闇をふたり　実相寺紫子 画　本体685円＋税

◆日向唯稀

Dr.ストップ —白衣の拘束—　水貴はすの 画　本体600円＋税

Bitter・Sweet —白衣の禁令—　水貴はすの 画　本体618円＋税

獄中 —寵辱の褥—　タカツキノボル 画　本体685円＋税

◆妃川 螢

オーロラの国の花嫁　えとう綺羅 画　本体573円＋税

誑惑の檻 —黒皇の花嫁—　みずかねりょう 画　本体630円＋税

ラブ・メロディ —執着の旋律—　せら 画　本体648円＋税

ラブ・メロディ —情熱の旋律—　せら 画　本体685円＋税

王と剣 —マリアヴェールの刺客—　みずかねりょう 画　本体685円＋税

恋の孵化音 —Love Recipe—　かんべあきら 画　本体685円＋税

金融王の寵愛　海老原由里 画　本体685円＋税

禁断ロマンス　朝南かつみ 画　本体685円＋税

◆藤森ちひろ

愛執の褥 ～籠の中の花嫁～　小路龍流 画　本体618円＋税

◆森本あき

魔王の花嫁候補 ～下級魔法使いの溺愛レッスン～　えとう綺羅 画　本体685円＋税

希少種オメガの憂鬱　立石 涼 画　本体685円＋税

同棲はじめました。 ～子育て運命共同体～　タカツキノボル 画　本体755円＋税

◆義月粧子

宿命の婚姻 ～花嫁は褥で愛される～　みずかねりょう 画　本体582円＋税

かりそめの婚約者　水綺鏡夜 画　本体630円＋税

オメガバースの不完全性定理　星名あんじ 画　本体685円＋税

オメガバースの双子素数予想　星名あんじ 画　本体685円＋税

オメガバースのP対NP予想　星名あんじ 画　本体685円＋税

諸侯さまの子育て事情　小禄 画　本体685円＋税

オメガバースの寵愛レシピ　Ciel 画　本体755円＋税

【電子書籍配信】

◆妃川 螢

不敵な恋の罪　タカツキノボル 画　本体857円＋税

ワガママは恋の罪　タカツキノボル 画　本体857円＋税

Cocktail Kiss Label

カクテルキス文庫をお買い上げいただきありがとうございます。
先生方へのファンレター、ご感想は
カクテルキス文庫編集部へお送りください。

〒102-0073　東京都千代田区九段北1-5-9-3F
株式会社Jパブリッシング　カクテルキス文庫編集部
「橘かおる先生」係 ／ 「香坂あきほ先生」係

◆カクテルキス文庫HP◆ https://www.j-publishing.co.jp/cocktailkiss/

ツンデレ猫は、オレ様社長に溺愛される

2020年10月30日　初版発行

著　者　橘かおる
©Kaoru Tachibana

発行人　神永泰宏

発行所　株式会社Jパブリッシング
〒102-0073　東京都千代田区九段北1-5-9-3F
TEL　03-4332-5141
FAX　03-4332-5318

印刷所　中央精版印刷株式会社

初出　ふるえる耳のひみつ………小説リンクス（2011年刊）改稿＋書き下ろし

ISBN978-4-86669-335-4　Printed in JAPAN